할아버지와 손자의 약속

❶ 비석골
❷ 지당 선생 묘소
❸ 과수원
❹ 대전 초등학교
❺ 재실(람휘당)
❻ 고택
❼ 대전1리
❽ 은행나무(천연기념물 301호)

할아버지와 손자의 약속

지은이 | 예병주

펴낸이 | 一庚 張少任

펴낸곳 | 돌설 답게

초판 인쇄 | 2021년 10월 5일

초판 발행 | 2021년 10월 10일

등 록 | 1990년 2월 28일, 제 21-140호

주 소 | 04975 서울특별시 광진구 천호대로 698 진달래빌딩 502호

전 화 | (편집) 02)469-0464, 02)462-0464

　　　 (영업) 02)463-0464, 02)498-0464

팩 스 | 02)498-0463

홈페이지 | www.dapgae.co.kr

e-mail | dapgae@gmail.com, dapgae@korea.com

ISBN 978-89-7574-339-9

ⓒ 2021, 예병주

나답게·우리답게·책답게

할아버지와 손자의 약속

저자 **예병주**

할아버지가 어느 날 손자 둘을 불러 놓고 말씀하셨다.
"止堂(지당)의 손자가 저 모양이다'라는 말을 듣지 않도록 해라"고.

도서
출판 **답게**

조선 시대에 태어나셔서 그 멸망을 보았고, 일제 강점기를 고스란히 경험하시고, 조국 해방과 6·25전쟁을 몸소 겪었으며, 혼란스러웠던 건국 초기와 박정희 대통령의 새마을 운동 등 격동기의 한국을 살아오시면서 유학자로서 일족의 안전을 책임졌고, 땅을 개간하여 부를 일구면서, 밖으로는 예 씨의 명예를 일으켜 세우고, 가난한 자들의 구휼을 위해 아낌없이 재물을 쾌척했던 시대 영웅의 행적을 잊지 않고 후손들에게 교훈으로 남기기 위해 손자가 부족하지만, 연필을 들었다.

할아버지가 어느 날 손자 둘을 불러 놓고 말씀하셨다.

"止堂(지당)의 손자가 저 모양이다'라는 말을 듣지 않도록 해라"고.

1947년 음력 2월 8일 수성 어른 댁에는 둘째 손자가 태어났다.

孫을 귀하게 여겼던 수성 어른은 이미 세 살 많은 큰 손자가 있었지만 둘째도 크게 기뻐할 경사였다.

큰 손자가 그랬듯이 둘째 손자도 두 돌을 넘기자 사랑방으로 옮겨졌다.

남자는 사랑에서 자라야 한다고 했지만, 속셈은 당신의 철학과 생각을 가르치고 싶었으리라.

아무튼, 두 손자는 엄마 품을 떠나 사랑에서 먹고 자고 했지만, 엄마의 수고로움이 덜해지는 것은 아니었다. 할아버지는 똥오줌을 가리지 못하는 손자를 돌보며 이불이며 요며 심지어 할아버지 옷가지도 기저귀로 깔았다가 밖에다 던져내니, 하룻밤에도 빨랫거리가 쏟아져 나오는데 어머니의 수고가 얼마나 컸을까! (그 시절에는 기저귀가 없었음)

그때 둘째 손자인 나는 낮에 심한 노동으로 피곤한 엄마에게 밤마다 이야기해 달라고 졸라대는 정도의 아기였다. 엄마가 이야기하다 말고 잠이 들면, 나는 "엄마 그래서?"라고 보채며 엄마를 깨워 다음 이야기를 듣곤 했는데, 사랑방으로 옮긴 이후 중학교 졸업하던 '62년 봄까지는 할아버지 곁에서 자라면서 할아버지의 중국과 한국 위인들의 이야기와 중국의 사기(史記)를 듣기 좋아하는 아이로 자랐다. 형도 대구 경북중학교로 갈 때까지 할아버지와 생활했다.

내가 고등학교 3학년 여름 방학 때 할아버지는 육사에 갈 것을 명령하셨고 또 그렇게 따랐다.

그래서 나의 가치관 나의 삶의 길은 할아버지가 가르치신 그것이었다고 해도 과언이 아니다.

당신은 한약방을 했지만, 돈을 받지 않았다.

양조장을 했지만, 고을 내 경조사 부조용으로 또 손님 접대용으로 나갔다.

과수원이 있었으나 동네 사람 간식거리였다.

겨울에서 보릿고개 때는 굶는 사람 집에 모르게 곡식을 주었고, 피난민들 구휼과 만고강산(거지)에게는 굶지 않게 해주었다.

"아이들은 돈을 몰라야 한다."

이런 가르침을 받은 손자가 군인의 길을 어떻게 보았겠는가?

'가장 힘들고 가장 위험한 곳에 내가 있어야 한다.'

'군인은 돈이나 진급에 연연해서는 안 된다. 귀한 집 자식들을 내 아들같이 돌보고, 복무 기간을 잘 끝내고 가정으로 돌려보내는 것이 내 임무다.' '역사 속의 영웅들이 한 길을 따라 해보자.' 이렇게 다짐했었다.

나의 군 복무 자세를 한 예로 기술하면, 소대장 때 길도 없고 물도 전기도 없는 최전방 고지에 군 최초 시범으로 케이블카 공사 임무를 받고 화천 북방 백암산 기슭에 땅을 파고 천막생활을 하며 낮에는 공사하고 밤에는 글을 가르치는 생활을 했다.

열악한 환경에서 K 일병이 그만 목 뒤에 염증이 생겼다. 위험한 부위였다.

많은 눈이 내려서 교통은 두절 되었고 식량과 부식 조달도 끊어진 상태다. 나는 할아버지에게서 들은 오기(吳起) 장군이 병사의 등창을 입으로 빨아 낫게 했다는 이야기를 상기하고 입으로 종기를 빨아 치료했다.

이러한 나의 행위는 놀라운 결과를 가져왔다. 그는 부모가 다 돌아가시고 할머니와 단둘이 살며 버스에서 소매치기로 살아오다가 경찰의 추적이 다가오자 도피 겸 입대했다고 울면서 이야기했다.

"태어나서 사람 대우는 처음 받아봤습니다."

추운 겨울이었다. 산불이 났다. 케이블카 설치를 위해 통로 개척을 하던 중에 실화로 난 불이다.

땅속에 묻혀 있던 실탄과 미확인 폭발물이 터지는 소리가 여기저기서 났다.

불이 산 위로 올라가면 GP가 위험해진다.

우리 병사들이 뛰어들어 불을 끄는데 지뢰를 포함한 폭발물 때문에 위험하기 짝이 없는 상황이어서, "모두 철수하라. 위험하다."라고 명령했으나, 오직 한 병사 "소대장님 제가 다 끄겠습니다." 하며 곧바로 불속에 뛰어들어 불을 끄는 병사가 있었다. 바로 그 병사였다.

사납던 불길은 거의 산 정상에 가자 수그러들고 모두 꺼졌다.

나뭇등걸에 남은 불길도 돌로 긁어 모두 끄고 밤늦게 철수했다.

그곳은 비무장 지대여서 밤에는 이동이 완전히 금지되는 곳이다.

우리 쪽에는 매복조가 이동하는 물체를 보면 무조건 사살한다.

적들도 마찬가지, 상황을 알면 추격해 올 수 있다.

모두 바짝 긴장하고 철수하는데 아무래도 맨 후미가 적의 공격에 취약하고 병사들이 무서워하고 위험하기도 해서 내가 맨 뒤에 섰다.

선두에는 아군의 오인 사격이 있을 수도 있다.

암호 따위는 통하지 않는 곳이다.

움직이는 물체는 무조건 쏜다.

그래서 '공병이다.' '공병이다.' 소리치면서 철수했다.

다음 날은 하루 쉬기로 했는데 연기를 하도 많이 마셔서 가래에 그 을음이 나오고 토하는 병사도 있었다.

나의 34년 군 생활은 약삭빠른 친구들이 보면 '바보' 그 이상도 이하도 아니었다.

나의 복무방침은 〈정상적인 근무, 강력한 실천〉, 사생관은 〈전쟁터에서 싸우다 죽어서 그 시신을 말가죽에 싸여 오는 것〉이었다.

복무방침은 사단장 이재전 장군의 것인데, 내가 전역할 때까지 나의 복무방침으로 했고, 사생관은 삼국지에 나오는 조자룡의 말이다.

"전방을 바라보라!" 진급이나 보직을 위해 서울에 있는 유력자에게 정신이 팔린 부하들을 향해 사단장 민태구 장군의 일갈이다. 이러한 분들의 말을 순수하게 받아들여 나의 길로 삼은 것은 할아버지로부터 받은 영향이다.

장군이 되는 것은 군인의 꿈이다.

대령까지는 진급이요, 장군은 선발이라는 말이 있다.

대령까지 되면 군인의 자격은 모두 갖추었다고 보고 장군은 대령 중에 누구든 선발하면 된다고 생각해서 나온 말일 게다.

1993년 김영삼 대통령이 취임하고 얼마 되지 않아서, 나는 박세환 대장의 심부름으로 허주(김윤환) 당 대표자를 만나기 위해 정부 청사에 들렀다(당시 나는 박세환 대장의 비서실장이었다). 비서를 통해 메모를 넣고 문을 열고 들어서자 TV에서만 보던 허주 당 대표자는 만면에 웃음을 띠고 자리에서 일어나서 손을 내밀며 말했다.

"후배! 별 하나 달아야지."

너무나 뜻밖의 말에 온몸이 벼락을 맞은 듯 굳었다.

나의 미래가 달라질 이 운명적인 기회에 나는 왜 2000년도 더 된 옛 사람 화흠[1]이 머릿속에 떠오른 것일까?

할아버지는 왜 손자에게 화흠보다도 관녕에게 더 좋은 평가로 가르쳤을까? 손권의 사신으로 간 화흠이 조조의 신하가 되어 손권에게 돌아가지 않은 고사가 不義로 내 머리에 각인돼 있는 것에 나 자신도 놀라지 않을 수 없었다.

"선배님 말씀 감사합니다. 오늘은 저의 신상 문제를 말씀드리는 것은 적절치 못하고, 제가 모시는 박세환 사령관님의 심부름을 왔습니다."

왜 이런 어처구니없는 대답이 나왔을까?

김영삼 대통령은 취임 기념으로 5공화국 때 아깝게 선택을 받지 못

---

1) 후삼국 때 손권의 신하로서 조조에게 사신으로 가서 그대로 조조의 신하가 된다. 나중에 복 황후를 끌어 내리고 조조를 위왕으로 옹립하는 데 앞장을 선다. 관영과는 어릴 때 동문수학하였으며, 수업 중 귀인이 지나가는 풍악 소리가 나자 화음은 뛰어나가 구경을 하고 돌아왔는데 관영은 조금도 흔들리지 않았다.

한 인재를 찾아내어 특진을 시킬 계획이었던 것을 알 길 없는 나는 품에 안겨 온 복을 놓쳐 버리고 말았다.

'기회는 놓치면 두 번 다시 오지 않는 것'이라고들 하는데…

'나는 바보'라고 오랫동안 자책을 했다.

〈이런 사람이 지금 세상에 있나?〉라고 생각하면서, 나를 연구 대상의 인물로 선정했음이 틀림없다.

'스스로 진급할 수 있는 길은 땅굴을 찾는 길이다.'라고 생각했음일까?

"하나님을 믿고, 땅굴을 찾으면 앞길을 보장하겠다."라는 당시 국정원장의 말씀, 즉 '첫째 하나님을 믿고, 둘째 땅굴을 찾아라.'라고 요약되는 말씀을 듣고 마지막 기회로 알고 최선을 다했다.

그러나 김대중 정권이 들어서면서 "햇볕 정책을 추진하려는데 무슨 땅굴 타령이냐?"라는 이유로 조사를 받게 되었다.

햇볕 정책의 방해 세력으로 몰린 것이다.

나는 "국방부 편제에 있고 국방 예산으로 활동하고 있는데, 나를 햇볕 정책의 방해꾼이라니 무슨 이런 논리가 다 있습니까?" 국방부 장관에게 따지고 즉시 명예 전역서를 제출했다.

어처구니없고 가소로운 일이었다. 땅굴을 찾아도 칭찬보다는 처벌을 받을 것이 뻔했다.

나를 알아주는 사람을 위해 충성하고, 인정받지 못하면 홀홀 떠나는 것이 나의 생활 철학이었다.

전역 후 16년 동안 군인 공제회와 대한민국 재향군인회의 건설사업 본부장을 하면서도 부끄러운 행위는 일절 하지 않았다.

할아버지로부터 직(直)자 정신에 길든 손자는 거짓말하지 않고, 재물을 탐하지 않고, 정성을 다하여 사람을 대하며, 끊임없이 전문지식을 닦아 19세부터 69세까지의 사회생활 50년 삶을 부끄럽지 않게 살아왔다.

형 병순(秉珣)도 할아버지의 뜻을 받들어 일찍이 합천군 초계에서 후학을 가르치는 당대 최고의 학자 추연(秋淵) 권(權) 선생 문하에서 본격적인 한문 수업을 하고 법무부 산하에 취업하여 최연소 지부장이 됐으며, 위로는 국가 공무원 1급까지 올랐고, 낙향 후에는 청도 향교의 전교(典校)를 하는 등 예의범절에 벗어남이 없었고, 걸어온 자취에 항상 덕행에 대한 칭송이 뒤따랐다.

할아버지가 베풀어 놓으신 음덕으로 형제들이 평안하고 자식들이 건강한 것을 감사하게 생각하며 할아버지가 우리에게 주는 메시지가 무엇인지 바르게 알고 살아갈 것을 다짐한다.

2021. 초가을에

예병주

| 목차 |

1장

止堂公 가문 이야기 배경

01
작대기 나그네[2]

---

2) [저자 주] 이하 수성 어른(지당 선생)을 기준으로 호칭합니다.

농촌에 가을걷이가 끝나고 나면 추수한 배추와 무로 김장을 하고 간장 된장을 담그고 내년에 사용할 메주를 띄우고 나면 한숨 돌리게 된다. 모두 내년 영등(음력 2월)까지는 좀 쉬면서 여유를 즐기는 시간이 된다. 바로 겨울이다.

곡간에 넉넉하게 곡식을 저장해두고 풍요와 평안을 즐겨야 할 이때 밀어닥치는 손님들, 일명 작대기(지팡이) 나그네 혹은 작대기 부대다.

지팡이를 짚은 노인들이 그간 만나지 못한 친구를 만나기 위해 나들이를 하는 계절이기도 하다. 며칠간 먹고 마시며 머물다 가는 풍속화다. 자기 집안 입은 덜고 살만한 집을 방문하여 대접받는 일거양득의 속내도 있다.

여인들은 이때가 농사철보다 더 바쁘다.

손에 물이 마를 시간이 없다.

며느리. 수야 댁이 온종일 동동 치는 걸음은 얼추 100리 길이 넘었다. 부엌에서 우물, 사랑채, 채소밭, 사과밭 등등.

윗채와 사랑채를 오가는 횟수는 아마도 하루에 100번도 넘으리라.

손님은 혼자 오는 법이 없고 두세 명이 같이 온다.

가끔은 서울, 대전, 대구, 부산 등 멀리서도 온다.

멀리서 오는 손님은 통상 삼일, 닷새, 열흘, 한 달, 어떤 분은 한 계절을 계신 분도 있었다.

대전서 온 상춘 어른은 겨울에 왔다가 이듬해 5월에 갔으니…

심지어 그 기간 내에 상춘 어른의 집에 제사가 있어서 제사상에 차

릴 제물을 준비해서 아들(영수)이 대전까지 가서 대신 제사를 지내고 온
일도 있었다.

손님을 잘 대접해야 한다는 사고는 예의를 뛰어넘어 어떤 믿음이었
고 신앙이라 할만한 것이었다

손님에 따라 금방 갈 손님은 술상을 준비할 때 김치에 두부 안주 정
도로 대접하고, 머물다 가는 분은 닭을 잡았다.

어느 날 갑자기 사랑채가 소란스러워졌다.

"얘야 개 잡아라!"[3]

"지당! 지당 선생!"

"아니 곽당 선생, 능동 선생!"

의관 정제하여 서로 예의를 갖춘 후

"얘야 개 잡아라! 먼저 술상을 보고!"

영(秀)이 떨어졌다. 시끌시끌한 사랑채 소리를 듣고 며느리 수야 댁
은 어떤 급수의 손님이 온 줄 이미 짐작하고 있었다. 귀한 손님이다.

"예~~!"

수야 댁은 딸 정덕이를 시켜 영국 아제를 오라고 심부름시키고, 솥
에 물을 끓이고 불을 지피고, 술상을 차린다.

남자 식구는 모두 내려가 절을 하고 꿇어앉아서 몇 가지 질문에 답
한다.

---

3) 당시 오일장이라 시장이 열리지 않는 날이 많았고, 시장까지의 거리도 4km가
　 넘었다. 개를 먹는 습관은 그 당시 보편적인 풍습이었다.

어린 손자 상국이에게는

"어디 외손인고?"

"수야 외손입니다"하면

"양반이다."로 끝난다.

그리고는 슬그머니 일어나 밖으로 놀러 나간다.

"공부해라. 공부해라."

할아버지가 꼼짝도 못하게 하고 공부만 강요하니 손님만 오면 도망 갈 기회가 되는 것이다.

그리고는 영국 아제가 개 잡는 곳에 가본다.

어린 나이에 무얼 알겠는가?

순식간에 개를 분해해서 부위별로 삶아내는 영국 아제 솜씨는 신기 하기만 했다.

그리고 큰 잔에 막걸리를 서너 잔 마시고 갓 삶은 개고기를 맛보는 것이 영국 아제의 일상 중 가장 즐거운 것으로 보였다.

고기가 떨어질 때까지 아침이면 우리 집에 와서 마당을 쓸 것이고,

그러면 개장국(보신탕)에 막걸리 한 사발, 그리고 아침상을 받는다.

아니 고기가 없더라도 술 생각만 나면 밥과 술은 당연한 대접이다.

고기와 술상이 다시 나왔다.

이미 술기운이 돌고 흥취가 도도하다.

어찌 장진주가 없을쏘냐.

이보시게

한강수 한번 흘러 바다로 가면

다시 돌아올 수 없는 것을

아침에는 청사 같던 머리

저녁에는 눈같이 희어지고

(중략)

뜻맞는 친구 만나 마음껏 즐겨

달 띄워 건네는 잔 사양치 마시게

개 잡아 안주로 삼백 잔은 해야지

예로부터 성현은 말로가 쓸쓸했으나

술 좋아하는 자들은 이름을 남겼다네

"지당(止當) 자부(며느리)가 기현(紀鉉) 병재(甁齊)의 따님이 아니던가?
문장과 도덕이 도도하다고 알고 있네.
모두 인척간이니 인사도 하고 시 한 수 들어 보세"
수야댁이 불려 내려갔다. 절을 올리고 인사를 나눈 다음
"이 술맛이 향기롭고 입에 붙네. 특별히 비법이 있는가?"

"술을 항시 끊이지 않고 준비하다 보니 손맛이 들었나 봅니다.
　찹쌀로 흰죽을 쑤어 누룩과 잘 섞어 하루를 띄우고, 이것을 밑술로
고두밥과 누룩을 섞어 닷새를 띄우면 향기가 나는 미주가 됩니다.
　미리 준비해둔 솔잎, 국화 꽃잎, 약초를 넣으면 더욱 향기로운 술이
됩니다.

이 술에는 국화꽃이 감미 되었습니다."

"어허! 우리가 술 익을 때를 잘 맞춰 왔군그래"

"술은 언제든지 준비되어 있습니다. 술 세 독을 담아 한 독을 비우면 또 한독을 담으니 저의 집에는 항상 술 세 독이 있습니다."

"과연! 과연! 허허허"

"지당 선생이 자부의 글 읽는 소리를 좋아한다고 알고 있네.

우리 모두 형제지교를 맺었고, 서로 가까운 인척 관계이니 어려워 말고 글 읽는 소리 들어 보세."

02
천고담을 외우다

"부족하나마 사랑채 앞을 지나다니며 귀동냥한 글을 한번 외어 보겠습니다."

"천고에 일월 명하고 (天高 日月 明 : 하늘은 높고 日月은 밝은데)

지후 초목 생이라 (地厚 草木 生 : 땅이 기름지니 초목(草木)이 생육한다.)

일월은 동서현하고 (日月 東西 懸 : 해와 달은 東에 떠서 西로 지고)

건곤은 상하 분이라 (乾坤 上下 分 : 건곤은 위아래로 나뉘어 있도다)

춘래 백화 홍하고 (春來 百花 紅 : 봄이 오니 온갖 꽃(百花)이 붉게 피고)

하숙 만수 청이라 (夏熟 萬樹 靑 : 여름에는 만 가지 나무(萬樹)가 푸르고)

추량 황국 발하고 (秋凉 黃菊 發 : 가을에는 노란 국화(黃菊) 피드니)

동한 백설 래라 (冬寒 白雪 來 : 겨울은 춥고 흰 눈이 내리는구나)

"호! 천고담(天高談)이 아닌가?"

"계속하시게"

(중 략)

"동월 양 명휘하고 (冬月 陽 明暉 : 겨울 달은 밝은 빛을 비추고)

동령 수 고송이라 (東嶺 秀 古松: 동쪽 고개에 고고한 소나무 뻬어났는데)

귀보 봉전* 래하니 (貴步 鳳田 來 : 귀한 걸음 봉전에 오시니)

가연 승 천년이리 (佳緣 承 千年 : 아름다운 인연 천년을 이어 가리)"

*봉전(鳳田: 대전의 옛 이름)

천고담(天高談)은 한시를 지을 때 운자와 운귀를 맞추는 연습을 하기 위해 만들어진 초보 선비들이 외워야 할 필수 과정이다.

수야댁은 사랑채에 학동들의 글 읽는 소리를 듣고 귀동냥으로 긴 문장을 모두 외운 것이다.

특히 마지막 문구에서 (책에는 없는)

'동쪽에서 봉전에 찾아온 귀한 손님들이여!

귀한 인연 천년을 이어 가소서'라고 마무리 지었다.

"지당, 자네 자부는 귀재일세. 손자 중에는 틀림없이 귀한 인물이 날 걸세 하하하"

모두 쾌활하게 웃었다.

닭이 홰를 치는 것을 보니 삼경이 지났다.

"지당 이제 가야겠네."

"아니 여기서 같이 자세나"

"아니야 가야 하네"

"그럼 내가 바래다줌세"

세 어른은 집을 나서서 찬바람을 휘휘 저으며 동네 밖을 나선다.

조암(학산, 이서면 소재지)까지는 십 리다.

고개를 두 개나 넘어야 한다.

짐승 우는 소리가 난다.

늑대와 여우다.

이따위 짐승의 우는 소리를 개의할 바 아니다.

흥취가 도도하여 천하가 모두 세 사람의 것이다.

세 사람의 우정은 도원결의로 대업을 이룩했던 유비, 관우, 장비에 비할만한 것이었다.

"굽이쳐 흐르는 저 강

부서지는 저 물결에 모두 씻겨 가버렸나?

영웅들의 자취 찾을 길 없네

돌이켜 보면 옳고 그름 이기고 짐 모두 헛되었구나

청산은 옛날과 다름없건만

붉은 해 뜨고 짐이 몇 번이던가?

흰머리 어옹과 나무꾼, 술 취한 늙은이

겨울 달 봄바람에 새로울 게 뭐 있나?

한 병 술과 담소로 시름을 잊어 보세"

"止堂 이 사람아. 우리를 전송한다면서 조암까지 와 버렸네."

"우리 도가(양조장)로 가세."

"아니야 우리 집에도 술이 익어가고 있네. 자네들이 마셔 주지 않는다면 누가 마신단 말인가?"

"우리 집에 가세, 찬바람에 술이 다 깨버렸네. 한잔 더해야지."

이번에는 능동 어른 집이 날벼락이다.

자다 말고 비상이 걸렸다.

청도에는 18문중이 양반이다, 라고 해서 혼사도 이들 성씨(姓氏)끼리만 한다.

이들 문중에는 대표되는 어른이 있다.

이 대표 어른 집에는 항상 술이 있다.

술상이 사랑으로 내어 왔다.

"인생에서 뜻을 얻었다면 모름지기 풍류를 알아야 하나니

빈 잔에 달빛만 있도록 해서야 되겠는가?

人生은 흘러가나니 천금을 흩어서 뿌려도 다시 오기 어렵도다."

"껄껄껄"

또 한잔할 구실이 생겼다.

날이 밝아지고 있다.

이번에는 지당 선생이 일어선다.

"가야 하네"

"이번에는 우리가 배웅합세"

또다시 고갯길을 휘척휘척 넘어 굴실골(지금은 골프장이 조성됨)에 도착했다.

"잠시 쉬어 가세"

"잘 보게나. 이 골짝에는 사람이 살지 않아.

짐승들의 땅이지.

늑대와 여우들의 땅이야."

03
늑대와 여우의 땅

"옛날에는 큰 절이 있었고 중들도 수십 명이 있었다는데 지금은 사람 사는 집은 한 채도 없고 짐승들의 천지가 되었지."

"내가 내리 딸을 셋 낳고 아들을 두었는데, 내가 무식하여 이 아들을 다섯 살 때 잃고, 또 딸을 낳고 지금의 영수를 얻었지.

영수가 겨우 100일이 지나고 얼마 되지 않았을 때 여름에 안채 마루에서 잠이 들었는데, 아기가 얼마나 보채던지 아내가 아이를 안고 방에 들어가기가 무섭게 송아지만큼 큰 늑대가 성큼 뒷문으로 들어와서 아이 잠자리에 입을 대는 거야.

내가 무심결에 팔꿈치로 늑대의 배를 쳤었지.

늑대는 성큼 마당 가운데로 뛰어내려 담을 넘어 도망갔는데

일순간에 일어난 일일세.

자칫 아들을 또 잃을 뻔했네."

"저런, 큰일 날 뻔했구먼"

"그 일이 있고부터 매년 겨울이 되어 눈이 오면 동네 청년들을 모아 늑대 사냥을 한다네."

"늑대, 여우, 멧돼지들의 피해가 칠업 7개 동, 수야 5개 동 한밭 2개 동, 각계, 구라대, 가금 2개 동 등, 18개 동에 뻗쳐있다네"
"어허, 짐승들의 피해가 말이 아니군"
"가축 피해뿐만이 아니고 농작물 피해도 만만치 않네. 이제는 아이들까지 넘보고 있네."
"성현 말씀에 세상이 평화로우면 기러기가 찾아오고, 세상이 어지러우면 짐승들이 날뛴다더니…"

"지당, 이야기 들었나?"

"요즘 시국이 좋지 않다네."
"왜놈들이 물러가고 해방이 되면 우리끼리 잘살 줄 알았는데, 삼백육십일 좌익이다 우익이다 쌈박질하더니, 미군들이 철수하고 나니 공산당이 여기저기서 폭동을 일으킨다네."
"이러다 전쟁 나는 것 아닌지. 젊은 애들 또 전쟁터로 내모는 것 아닌지 모르겠네."

"우리 여기서 헤어지세."
"짐승 울음소리가 들리는데 괜찮겠나?"
"걱정하지 말게. 자 그럼 잘 가세."

일본 놈들이 지맥을 끊었다는 '굴실 고개'를 넘어 동네까지는 인적 없는 좀 무서운 곳이다.

옛날에는 '도(都) 씨'들이 마을을 이루고 살았다는데 지금은 우물과 감나무 그리고 무덤만이 흔적으로 남아 있고 사람 사는 집은 한 채도 없다.

동네가 있었던 자리에는 못이 파여 금방 귀신이라도 나올 것 같이 황량하다.

公은 돌 한 개를 쥐고 앞만 보고 걷는다.

늑대일까, 여우일까? 짐승 한 마리가 뒤를 따르고 있지만, 한창나이에 기골이 장대한 公은 개의치 않고 걷기만 한다.

04
늑대 사냥

눈이 제법 내렸다.

짐승의 발자국이 눈 위에 남았으리라.

제공지기[제실(濟室)을 관리하고 동네일을 보는 하인]가 큰소리로 알린다.

"동네 사람 모두 늑대 잡으러 나오소~~"

동네 청년들은 창을 들고 수성 댁으로 몰려들었다.

쇠창이 없는 사람은 대창(竹槍)을 들고 꽹과리를 들은 사람도 있다.

활은 한 개뿐이다. 활을 임산부 요 밑에 두면 아들 낳는다는 속설 때문에 수성 댁이 제값을 치르고 보관하고 있다.

"우리 집에 술은 넉넉하게 준비되어 있다.

먼저 한 잔씩하고 늑대를 잡으러 가자.

늑대가 우선이고, 여우, 노루, 멧돼지도 좋다.

일이 끝나고 고기를 불에 구워서 흠뻑 취해보세.

눈이 왔으니 짐승 잡기에 좋지만 길이 미끄러우니 다칠 염려도 있다. 몰이꾼과 사냥꾼 모두 안전에 유념하도록 하게"

짤막한 公의 말이 끝나고 모두 모닥불 앞에서 술잔을 기울였다.

두어 잔을 마시고 모두 일어섰다.

"자 이제 모두 가세"

장정들은 손에 무기와 몰이를 위한 꽹과리를 들고 산으로 향했다.

서너 시간 후 늑대 두 마리, 토끼 세 마리, 노루 한 마리를 메고 다시 모였다.

마당에는 장작불이 거세게 타고 고기를 손질하는 남정네와 요리하는 아줌마의 분답한 분위기 속에 너털웃음, 위용 담이 꽃을 피운다.

술도 두 독이 자리 잡았다.

술 잘 담기로 소문난 수야댁이 아닌가?

公과 나이 배에 있는 어른들은 사랑방에서 별도로 이야기꽃이 핀다.

"약 3000년 전에 중국에 예(芮) 나라가 있었지.

먼 옛날 중국은 장강(長江, 黃河) 주변에 사람들이 살면서 희(姬) 씨와 강(姜) 씨가 살았는데 모두 모계사회가 아니었는가 추정되네. 모두 성씨에 계집녀(女) 자가 있지 않은가? 그리고 강 씨는 목축한 것 같네.

염소 양(羊)자가 이를 뒷받침하지. 문왕과 무왕은 희 씨인데 강 씨인 姜太公의 도움으로 천하를 통일하고 나라 이름을 주(周)라 했는데, 강태공을 제나라에 제후로 봉하고 그 외는 모두 姬 씨에게 봉(封)했지.

희(姬) 씨 봉토를 받은 지역 이름을 따서 성씨를 정했네. 예컨대 곽(郭) 씨의 봉토(封土) 이름이 곽이었고, 정(鄭) 씨는 봉토 이름이 정이었지 '나라 곽', '나라 정' '나라 예' 등 나라라고 붙은 성씨는 모두 봉토 지명을 딴 것이지."

"허허허. 우리 예가(芮家)도 왕족이었군요."

"우리 芮家는 周 나라가 은을 멸하기 이전부터 제후국으로 있었던 것이 분명해. 예(芮) 나라와 우(虞)나라가 국경분쟁이 잦자 이를 해결하기 위해 주나라 서백(나중에 문공)에게 조언을 받으러 갔는데, 가는 길에 서로 밭의 경계를 양보하고, 또 나이가 더 많은 사람에게 양보하는 풍습을 보고 미처 서백을 만나 보지도 않고 芮와 虞는 부끄러워하며 서로 말했다.

'우리가 싸운 것은 주나라 사람들이 부끄러워하는 것이니, 무엇 때문에 가겠는가? 오히려 치욕만 얻을 뿐이네.'라는 기록이 史記에 기록되어 있는 것으로 봐서 예가의 역사는 은나라 때부터 귀족으로 있었던 것은 분명하네."

"자, 모두 수고들 했네! 술들 마시고 고기도 많이들 들게, 먹고 남는 것은 골고루 나누어서 가져가게"

05
분육지심(分肉之心)

"장량이 황석공에게 천하를 얻는 방법을 물었을 때 황석공은 分肉之心을 말했네. '배에 사람들 태우고 강을 건널 때, 이 강을 건너면 신천지에서 잘 살 수 있겠지 하는(同舟而濟 即 同其利:배를 같이 타고 강을 건너면 그 이익을 같이한다) 기대감에서 탄다네.

또 짐승을 잡을 때 어떤 사람은 몰이하고 어떤 사람은 창과 활로 짐승을 잡는데, 짐승을 잡으면 나도 고기 한 점은 얻어먹겠지 하는 생각으로 참여한다네.'

이것을 分肉之心이라고 하지.

그래서 천하에 있는 이익을 골고루 나누어 갖는 자는 천하를 얻을 수 있지만, 천하 이익을 혼자 독차지하는 자는 천하를 잃는다고 했지(同天下之利者는 得 天下하고, 擅(천) 天下之利者는 失 天下니라)

創業者는 모두 이러한 마음으로 나라를 일으키는 데 성공하지만 나

중에는 욕심이 생겨 부정부패하고 백성에게 학정을 함으로써 망하게
되지.

이것이 고금을 통해 변치 않는 철칙이야.

백성의 마음을 얻지 못하고서는 나라를 지킬 수 없는 법이지.

역대 創業者는 창업할 때는 '백성을 위한다.'라며 외치지만 일단 나
라를 얻고 나면 왕족 혹은 공신들이 부정부패하여 재물을 독차지하고,
백성들을 굶겨 죽게 하니, 민심이 떠나고 나라를 잃게 되는 것이지."

公은 술잔을 나누면서 강태공이 집필한 육도삼략(六韜三略)의 핵심을
말하면서 국가 興亡의 원인을 말하고 있다.

"백성들이 이것은 꼭 해야겠다고 생각하면 못 이룰 것이 없고, 백성
들이 이것은 도저히 안 되겠다고 생각하는 것은 반드시 안 되게 되지.
"興衆 同好 靡不成이요, 興衆 同惡 靡不傾"이라는 말로 말을 맺었다.

"사냥에도 교훈이 있어, 모두 꼭 같이 나누고 노부모가 있는 집은 더
신경을 쓰고…"

점차 인간 사회는 근본적인 가치를 平等과 自由라고 생각하고 있다,
평등을 보장하다 보면 형편이 더 나은 사람의 자유를 제한하게 되고,
반대로 모든 개인이 자신이 할 수 있는 바를 모두 하도록 허용하다 보
면 필연적으로 평등에 금이 간다.

따라서 두 가지 가치는 서로 모순된다.

이 모순되는 두 개의 가치는 정권이 교체되는 명분을 주면서 발전해
간다.

그런데 3000년 전부터 平等을 최고의 가치로 깃발을 세우고 있지

만, 自由는 아예 백성의 몫으로 주지 않았다.

또한, 나라를 얻기 위해 내세운 평등도 잠시 뿐, 시간이 흐르면서 백성들 것을 빼앗고, 백성을 죽이며, 부패하였고 그 종말은 멸망이었다.

1950년 6월 25일 동란이 나다

"칠엽에 난리 났다."

"칠엽에 사람이 죽었다."

골짝 동네에서 지서(파출소)까지 중간마다 간이로 설치된 연락소에서 종이를 말아 깔때기를 만들어 연락하는 통지내용은 끔찍하고도 다급했다.

집마다 땅을 파고 대피소를 만드는가 하면 피난 갈 준비를 한다.

공의 아들 영수는 집을 피해 과수원에 피난처를 만들어서 기거하고

집에는 공과 며느리, 막내딸 그리고 손자 손녀 넷이다. (장손녀 정덕. 장손 병순. 둘째 손자 병주. 둘째 손녀, 그 아래로 손녀 둘은 태어나지 않았다)

피난민들이 밀어닥쳤다.

집마다 피난민을 치지 않은 집이 없지만, 특히 우리 집은 방이 많고 마당이 넓고 먹고 살만하다고 알려져서 서울에서 내려온 피난민들이 사돈 팔촌의 연고를 들이대며 우리 집으로 몰려 왔다 .

남이 어려울 때 돕는 것은 후대를 위해 복을 짓는 일이다.

"적선지가(積善之家)는 필유 여경(必有 餘慶)이라."

좋은 일을 많이 하는 가정에는 반드시 경사스러운 일이 있다.

"덕필유린(德必有隣), 덕을 베풀면 외롭지 않다."

"베풀어라!

도와주라!

긍휼히 여겨라!

그러면 뒷날 반드시 복을 받느니라."

공의 인생관이요 철학이요 신앙이다.

어느 날 밤손님이 찾아 왔다.

10여 명이 공을 둘러싸고 앉아서 서류를 내어놓고 직인을 찍으라고 협박하고 있다.

빨갱이와 이 지역의 포섭 된 젊은이들이다.

누구는 지주라는 이유로 맞아 죽고, 누구는 선생이란 이유로 발에 차여 죽고, 누구는 면 직원이라는 말도 안 되는 이유로 맞아 죽었다는 소문이 흉흉할 때 바로 그 무리가 공의 앞에 나타난 것이다.

"어서 도장을 찍으시오!"

"도장이고 뭐고 모두 자식한테 물려주고 나에게는 없네."

"김일성 수령에게 충성한다는 맹세로 보도연맹에 가입하시오"

"자네는 각남 ○○ 어른 자제가 아닌가."

"나는 늙은이라 이군(二君)을 섬길 수는 없네."

"수성 어른! 저희 말을 듣지 않으면 험한 일을 당할 수도 있습니다."

노골적으로 협박을 한다.

"자네는 동곡의 ○○ 어른 손자로구먼.

 나는 나이가 많으니 살날도 얼마 남지 않았는데 임금을 바꿀 수 없고, 내가 자네들한테 맞아 죽었다 하면 나는 의(義)롭고 자네들은 의(義)롭지 못할 것이야. 촌구석의 늙은이를 자기 말 안 듣는다고 때려죽였다는 소문은 자네들의 아비 할아버지를 욕보이고, 자네들이 말하는 김일성에게도 결코 도움이 되지 않겠지. 마음대로 하게"

 찾아온 이들이 청도에서도 이름 있는 자제들이라 수성 어른이 콕 집어 윗대 어른 이름을 들이대어 지적하면서 대의로 따져 훈계하니 어쩌지 못하고 물러갔다.

 수성 어른은 날이 밝자 집안의 젊은이들을 모두 모았다.

 모두 마당에 엎드리게 한 후 똥작대기로 한 대씩 때리고는 훈계하였다. "지금 나라는 전쟁 중이고 좌익 우익이 갈라져 서로 죽이는 형국이 되었다. 정신 똑바로 차리지 않으면 어느 손에 죽을지 모른다.

 우리는 이승만을 대통령으로 모셨으니 시종일관 이승만 편이다.

 밤에 빨갱이들이 몰려다니면서 보도연맹에 가입하라고 윽박지르지만 절대로 넘어가서는 안 된다.

 또 그들한테 끌려 산으로 갈 수도 있다.

 이리되면 너희들은 죽는 목숨이다.

 절대로 흔들리지 말고 잠시 집을 피해라. 특히 밤에는 밖에 나다니지 마라.

 방공호 속에 숨어서 가족과 떨어져 있고, 방공호는 옆집에서도 모르게 은밀히 파고 특별한 일이 없으면 거기서 나오지 마라.

사용하지 않는 방의 구들 속을 개조하거나 마루 밑을 파거나…
각자 은밀한 피난처를 만들어서 이 난리를 피하도록 하자.
만일의 사태가 생기더라도 절대로 입을 다물고 모른다고 해라."

"수성 어른 때문에 우리 동네는 무사했다."
"똥작대기의 맛이 우리를 살렸다."
이런 이야기는 전쟁 후 사랑방에서 오랫동안 회자되었다.

저녁을 먹다가 급한 전갈을 받고 피난길에 올랐다.
미리 준비해둔 미숫가루를 나누어서 짊어지고, 덮을 홑이불과 옷가지 몇 개 챙겨서 남쪽으로 떠났다.
"나는 늙었으니 저놈들이 어쩌지 못할 것이고, 종국(병순)이는 장손자이니 집을 지켜야 한다.
우리 둘이 남을 테니 모두 떠나도록 하라."
갓난아기 순녀는 고모가 업고, 상국(병주)이는 걸려서 일단 아랫마을 작은 집에 가서 밤을 지내기로 했다.
방은 이미 사람들로 찼고 대나무밭에다 자리를 잡았다.
많은 사람이 대밭에 들어오니 새들이 푸두둑 날아올라서 혹시 적들에게 들킬세라 마음을 졸였다.
분위기를 아는지 아기들도 울지 않았다.
밤을 꼬박 새우고 나니 동네에 아무런 일이 없었다는 전갈이 와서 본가로 되돌아갔다.
다행히 먼 길을 피난 가지 않았으나, 피난민들은 더욱 많아지고 학교 운동장에도 개천가에도 피난민이 장사진을 쳤다.

피난을 떠나면서 양식은 조금 준비했겠지만, 반찬이 없으니 된장 간
장 김치 등을 얻으러 오는 숫자가 만만치 않았다.

피난 온 자들이 피난길의 참상을 늘어놓을 때면 듣는 자들이 모두
눈물을 훔치곤 했다.

가장 애처로운 일은 젊은 엄마가 어린 아기를 업고 조금 큰아들은
걸려서 피난길을 가는데 걷는 아이가 얼마나 힘들었을까.

계속 칭얼대는데 두 아이를 데리고 가는 것이 도저히 불가능해진 엄
마는 걷는 아이를 못에 던져버리고 업힌 아이만 데리고 가더라는 이야
기이다.

피난 중에 부모를 잃어버린 애들도 수없이 많았다.

부모가 죽었을 수도 있고 피난 중에 낙오됐을 수도 있다.

수야 댁은 울고 있는 남자아이와 여자아이 한 명씩을 데려와서 씻기
고 입히고 먹였다.

이것도 보시(布施)다.

아이들은 제법 부엌일을 돕고 잔심부름도 했다.

이름은 상수와 정순이다.

장성하여 장가들이고 시집보냈다.

시집 장가간 후에도 자기 집같이, 친정같이 가끔 다니러 왔었다.

영수(수성 어른의 아들)가 군에 입대하다.

입대 통지서가 날아왔다.

딸 다섯에 아들 하나, 딸 셋을 낳고 아들을 두었으나 어린 나이에 잃어버리고, 딸을 하나 더 본 후에 낳은 아들 영수, 그 아래로 아들 하나를 더 보겠다고 쉰둥이를 보았으나 또 딸!

그 후 수성 댁(공의 아내)도 돌아가시고… 정말 귀하디귀한 아들을 군에 보낸다니 공은 눈앞이 캄캄했다.

일찍 손자를 보겠다는 욕심에 15살에 장가보내 손녀 둘, 손자 둘을 본 상태에서 영장이 나온 것이다.

둘째 손녀는 이제 겨우 돌이 지난 아기다.

공은 깊은 고민에 빠졌다.

입대 일자는 자꾸만 다가오는데…

이집 저집에서 군에서 죽은 아들들의 소식과 뼛가루(유골)가 왔을 때 공의 마음은 녹아나는 것 같았다.

정작 당사자인 수야 어른은 이런 마음을 아는지 모르는지 마치 소풍이라도 가는 듯 친구들과 만나 전송 잔치를 하고 술에 취해 들어 왔다.

"이 약은 보약이다. 쭉 마셔라."

영수는 아무런 의심 없이 마셨다.

그 이튿날 아침.

영수는 자리에서 일어날 수가 없었다.

몸은 퉁퉁 부어있고, 손과 발에 물집이 잡혔다.

옻이 오른 것이다.

엊저녁에 마신 약이 옻일 줄이야.

공은 사람을 청도읍 공의(共醫)에게 보내서 사정을 이야기하고 입영 일자를 늦춰 줄 것을 간청했다.

입영 일자는 늦춰졌다.

그러나 취소된 것은 아니다.

가까운 집안에 두 형제가 모두 전사한 일이 발생했다.

형제(兄弟)공이란 비석을 세워 형제의 위국헌신을 찬양하고, 위로하지만 모두 찢어지는 마음을 어이하랴!

모두 통곡하며 땅을 쳤다.

"영수야 군에 가거라!

나의 아들이 귀하면 남의 아들도 귀한 법이다."

영수는 입대했다.

평소 기계에 소질이 있어서, 자동차 정비병으로 보직을 받았다.

총으로 적과 직접 싸우는 것은 아니므로 안전하겠다고 잠시 안심을 했으나 이내 비보가 날아들었다.

자동차 사고로 오른쪽 다리가 부러졌다는 것이었다.

병원에서 부목을 하고 약간의 시간이 지나 제대를 하여 집으로 돌아오는 날 온 가족은 울음바다가 됐다. 치료가 제대로 되지 않아서 오른쪽 다리가 조금 짧아졌다.

국가를 위해 일하다가 다쳤는데 이 판국에 무슨 보상이냐.

이러한 생각으로 상이군인(傷痍軍人) 혜택도 받지 못하고 힘든 노년을 보냈다.

"전쟁통에 남들은 죽어서 오는데 비록 다리를 다쳤지만 살아서 돌아온 것은 하늘이 도운 것이다.

앞으로 더욱 선(善)한 일을 해야 한다.

미군과 우리 군이 밀고 올라가서 전쟁이 좀 수그러드는 것 같지만 피난민과 떠도는 유랑민은 조금도 줄지 않았다.

여기에 상이군인까지 몰려들었다.

재산을 털어서 이자들을 도와야 한다."

소를 잡아라!

"소를 잡아 피난 온 사람들을 배불리 먹이고 떠도는 유랑민을 대접하라!"

소는 농가의 1호 재산이다.

소가 없으면 대농을 어찌할 것인가?

"송아지를 사서 배냇소 먹이고, 급할 때는 이웃 소를 삯을 주고 빌려 쓰는 한이 있어도 대접은 때맞추어서 해야 한다."

소문은 일시에 퍼져 피난민과 유랑자(거지)들이 동구밖에 몰려들어 진을 쳤다.

마당에 솥이 걸리고 여자 남자 할 것 없이 모두 일을 도와서 모처럼 배가 부르니 떠드는 소리 웃음소리가 넘쳐흘렀다.

"전쟁통에 집을 잃고 떠돌아다니는 여러분들!

절대로 기죽지 말고 이 어려운 난리를 이겨내고 일자리 찾아서 재기

하시게. 나는 여러분을 만고강산(萬古 江山)이라고 부르겠네.

만년을 가도 어떤 풍파가 불어닥쳐도 변치 않는 이 강과 저 산 같이 꿋꿋 하라는 뜻일세. 여러분들이 혹시 남의 집에 도움을 받으러 갈 때 '밥 좀 주십시오'라고 하지 말고 '만고강산 왔습니다'라고 하게"

거지들도 신바람이 났다. 거지에서 만고강산이라, 무슨 신분 격상이 된 기분인 것 같았다.

이렇게 배고픈 자들에게 먹이고 따뜻하게 위로와 격려를 하니 전쟁이 불러온 삭막한 현실에서 참으로 넉넉하고 따뜻한 바람이었다.

전쟁은 끝났는데 문득 두 발의 총소리

전선은 1·4 후퇴 후 현재의 휴전선 근방에서 밀고 당기고 있지만, 이 먼 고장에는 평화가 온 듯한데 해가 서산에 걸리는 저녁나절에 두 발의 총소리가 났다.

땅! 땅!

이 총소리가 무엇 때문인지, 누가 다쳤는지, 죽었는지 아무도 몰랐다. 총소리가 나면 내다보는 것이 아니라 모두 문을 걸어 잠그고 숨어버리기 때문이다.

그리고 모두 잊혔다.

이 일은 1952년의 일이고, 공은 1964년에 돌아가셨는데 이 일에 대해 한 말씀도 없었다.

어머니 수야 댁이 2006년 돌아가시기 전에 띄엄띄엄 이야기하셨다.

"할아버지가 사랑에서 식사하시지만 가끔은 윗방에 올라오셔서 같이 식사를 하곤 했는데, 어느 날부터 상을 아래채로 가져오라고 하셔서 그렇게 했는데, 하루는 상을 치우러 갔다가 깜짝 놀랐지.

어깨를 동여 싸고(총을 맞아서) 화장실 갔다 오는 〈예○기〉 어른과 맞닥뜨린 것이다. 얼마나 놀랐던지…

순간적으로 며칠 전 총소리의 주인공이고 사랑채 다락에 숨어서 치료와 식사를 제공 받는 것임을 짐작했고, 그 후로 밥과 반찬 양을 더 많이 해서 내려보냈지."

치료된 후 그분은 부산으로 갔고 무슨 일을 하며 어떻게 살았는지 알 수 없으나, 국가로부터 어떤 불이익도 받지는 않은 것 같고…

그 후 나름대로 우리 집에 보은했다. 즉 자기가 사귄 사회 친구 중 가장 부잣집 자제를 공의 맏손자. 병순이의 딸과 중매하여 맺어준 것이다.

공의 철학

공의 삶의 철학은 한마디로 직(直)이다.
곧을 직, 글자 그대로 곧다는 것이다.
뜻이 곧았다.
생각이 곧았다.
행동이 곧았다.

목숨이 위태로운 상황에서도 곧았다.

살림이 거덜 나고 사람들이 죽어 나갈 때도 그는 곧았다.

그 곧음 하나로 사람을 죽음에서 구하고, 베풀었고,

거지들을 긍휼히 생각했고, 따뜻하고 편하게 피난하게 했다.

빨갱이가 왔을 때도 곧았다.

아들을 군에 보낼 때도 곧았다.

공은 늘 말했다.

"뜻은 대의(大義)로 새우고

그 뜻은 신(信)으로 지키고

행동은 예(禮)로서 해야 한다."

"사람들은 의리가 있어야 한다고들 말하지만, 옛날 도척(盜蹠:춘추전국시대의 전설적인 도적)도 의리가 있었고 깡패들도 의리를 찾지만 그런 의리는 의리가 아니지. 소인배의 의리 즉 소의(小義)라 할 것이고 대의는 남자의 목숨을 걸만한 큰 의리이지 대의명분이 확실한 의(義) 말이야."

공의 이러한 대의 정신은 어디서 유래 되었는지는 아무도 모르지만 아마도 어릴 때 배운 학문 그리고 무엇보다 내림 즉 가문의 내림인 것 같다.

　　* 孔子 曰: 삼우익자는 직우, 양우, 다문우 이니라. (三友益者: 이익이 되는 친구 셋: 直友: 정직한 벗, 諒友: 신의 있는 친구, 多聞友: 견문이 많은 친구)

아무리 좋은 뜻을 세웠다 하더라도 이를 지키지 않으면 소용이 없다. 상황이 좋지 않다고 해서 바뀐다면 아무런 소용이 없다.

그러므로 이를 지키려면 믿음이 있어야 한다.

믿음은 시작과 끝이 같아야 한다.

그때그때를 모면하기 위해서 잔꾀를 굴려서는 믿음을 줄 수 없다.

사람과 사람이 살아갈 때는 예의를 다 해야 한다.

우리 예가들이 청도에서 양반의 반열에 들어가는 것도 예절이 발랐기 때문이다.

청도읍에서 한밭 가는 손님을 만나 길을 물었을 때 자기 일을 뒤로 미루고 그 손님을 동네까지 동행하여 안내하는 성의가 있었기에 '한밭 예 씨 양반'이란 칭호를 받는 것이다.

손님을 예로 정성을 다해 대접하고 불쌍한 사람을 긍휼히 생각하고 도움을 원하면 도와주도록 해라!

이것이 사람의 사는 길이고 直(Honesty)의 길이다.”

그러면 직이란 어떤 기준에서 생기는 것일까.

그냥 자기주장만 하다 보면 고집쟁이, 혹은 옹고집이란 말을 듣기가 십상이다.

곧게, 바르게 살아가려면 어떤 기준이 있어야 한다.

공은 〈정(精)과 성(誠)〉이 直의 기준이라고 말한다.

“精은 전문적인 지식이다. 무슨 일이든지 남보다 앞서는 실력이 없으면 주장을 펼칠 수가 없다.

誠은 심적으로 지극한 받듦이다.

誠이 없으면 남을 낮춰 보고 오만해진다.

오만과 교만은 나를 맨몸으로 칼 든 도적 앞에 세우는 것과 같다.

가난하고 못 배운 사람에게는 긍휼한 마음을 가져야 한다.

긍휼은 나보다 못한 사람에 대한 誠이다."

精(professionality), 誠(sincerity), 그 시대에는 성리학과 역대 왕과 신하, 선비들, 명가들의 인물과 내력, 그리고 중국의 성현, 사기에 기록되어 있는 역사적인 사실과 인물들에 대한 평가가 주된 학문이었으므로 이에 대한 올바른 지식이 있어야 했다. 그래야 선비라고 목소리를 낼 수 있다.

이에 대한 자기의 기준이 있다고 하더라도 사람마다 주장하는 바가 다를 수 있으므로 지극한 마음의 배려가 있어야 한다는 주장이다.

기준 없이 곧음만 있으면 어찌 존경을 받을 수 있겠는가?

자칫 충돌과 시비에 휩쓸릴 수 있다.

또한, 없는 자와 무식자에게 긍휼한 마음이 없이 어떻게 사회의 어른이 될 수 있겠는가?

공은 재물에 대해서도 명확한 주관이 있었다.

"집은 눈과 비바람을 피할 수 있으면 되고, 옷은 몸을 가릴 수 있으면 된다. 살림은 쪼들리는 듯 먹고 살면 된다.

아이들은 돈을 몰라야 한다.

돈을 알면 큰 인물이 될 수 없다."

현시대에는 좀 맞지 않은 것 같기도 하지만 80을 바라보는 나이가 되어 주변을 돌아보니, 돈이 많은 사람의 자손, 돈을 많이 밝히던 사람의 행적을 보면 공의 가르침이 무엇인지를 알 것 같다.

"마당에 있는 개를 봐라."

"앉아 있네요."

"저 개는 앉기만 하면 물건이 나온다. 저 개는 부끄러워할 줄을 모른
다. 남자는 너무 남을 의식하면 안 된다.

남들은 내가 생각하는 만큼 나를 생각해 주지 않는다.

너무 남을 의식해서 위선을 해서도 안 되고, 한 일에 대해서 너무 자
책하는 것도 좋지 않으니라.

남이 보든 보지 않든, 알아주든 알아주지 않든, 할 일만 꿋꿋이 하면
된다."

"물고기가 물 밖에 있으면 어떻게 되나?"

"할아버지예, 물고기가 죽지예."

"사람도 사람의 도리를 벗어나면 물고기가 물 밖에 있는 것과 같으
니라."

"사람은 무엇으로 부리는가(움직이는가)?

사람은 마음이 있으므로 마음으로 마음을 움직여야 한다.

공심지계(攻心之計)다."

"사람 마음은 충성심, 의리, 사랑 등이 있지만 두려움, 분함, 슬픔 등
강력한 마음도 있다. 그리고 정말 끈질긴 마음은 이(利)를 가지려는 마
음이다.

이러한 마음 때문에 사람들은 자기 몸을 아끼지 않고 일에 집착한
다.

때로는 목숨까지도 바친다.

이를 잘 살펴 맞게 부리면 못 이룰 일이 없느니라."

또 이렇게 말씀하셨다.

"사람은 자기를 알아주는 사람을 위해 목숨을 바친다.

사람은 배부르고 배고프고, 춥고 따뜻하고, 잠자고 일어나는 일, 힘들고 쉬는 일을 같이하는 사람에게 충성을 바친다.

옛날 야위고 지친 말이 수레를 끌고 태령을 넘는데, 힘에 부쳐서 앞으로 끌지 못하고 물러서면 낭떠러지에서 떨어질 처지라 쩔쩔매고 있는데, 주인은 말에게 매질만 해대는데 마침 이 광경을 본 백락(白樂)이란 자가 '이 말은 짐수레를 끌 말이 아니고, 장수를 태우고 전장을 누빌 준마(駿馬)'라는 것을 알고, 수건으로 땀을 닦아주고 갈퀴를 쥐고 힘을 보태자, 이러지도 저러지도 못하던 말이 하늘을 우러러 우는 소리가 천상에 다다르고 땅을 박차는 말굽이 지축을 흔드니 이 어찌 된 일인가?

그래서 사람들은 '준마는 백락을 만나야 크게 운다'라고 했단다."

"장수가 병사들을 이끌고 행군을 하다가 개천가에서 쉬고 있는데, 인근 동네 노인들이 술을 한 단지 갖고 와서 위로하였다. 장수 혼자 마셔도 될 이 술을 장수는 이렇게 외쳤다.

'제군들 인근 어른들이 여러분들의 노고를 위로하기 위하여 술을 가져 왔소. 이 술을 개천에 부을 테니 같이 마십시다.' 한 단지 술로 어찌 강물을 술맛으로 만들 수 있을까마는 이 술을 마시면서 죽기를 다짐하는 것은 장수가 마시는 술을 나도 맛보았다는 동질감 때문이다.

드디어 싸움이 벌어지자 높은 성벽 깊은 해자에 화살과 돌이 비 오듯 떨어지는데, 병사들이 앞다투어 기어오르는 것은 죽는 것이 좋고 다치는 것이 재미있어서가 아니라 장수가 병사들의 춥고 더운 것과 배고픔과 배부름을 자세히 살피고 자기들이 수고함을 밝게 알아주기 때문이다.

高城 沈池 矢石 繁下에 士爭 先登은 士 非 好死 而 樂傷이요 其將이 知寒 暑 饑飽之審에 而 勞苦 之 明이기 때문이니라."

"경계해야 할 사람은 앞에 한 말과 뒤에 한 말이 다른 사람이다.

이런 사람은 자기가 한 말에 대한 책임을 지지 않는 사람이다. 그리고 남의 험담을 퍼트리는 사람이다."

* 孔子 曰: '내가 미워하는 사람은 칭인 지 오자(惡 稱人之惡者)니라'

(공자 말하기를 내가 미워하는 사람은 남의 잘못에 대해 떠들어 대는 사람이다.)

2장

止堂公의 가력과 가족[4]

4) 이하 집필자를 기준으로 호칭합니다.

01
공의 가력(家歷)

중국 주(周)나라 때 예(芮)나라가 있었으니 중국에서 온 것은 확실한데 언제인지는 기록에 없다. 할아버지는 한나라 때 오나라 손권의 아버지 손견의 참모로 예 씨 선조가 있었다고 하셨지만, 그분이 건너온 것인지는 확실하지 않다.

예용해 아저씨는(한국일보 논설위원) 울산에 신라 시대 때 것으로 보이는 비석이 있는데, 화랑도들의 이름과 함께 예웅(芮雄)이라는 이름이 있었다고 하셨다.

화랑도는 성을 쓰지 않는 것이 상식이다.

관창, 사다함 등이 그렇다.

그런데 예웅이라고 새겨 있으니 무얼 의미하는지는 알 수가 없다.

단지 신라 때에도 예가가 한반도에 살았다는 것을 방증하는 것이라 하겠다.

예춘호 대부(전 국회의원)는 "우리 조상은 위만 조선 때 왔어"라고 하셨다. 중국 은(殷) 왕조 말 폭군 주왕(紂王)의 폭정에 견디지 못해 주왕의 숙부 기자(箕子)가 동방으로 이주하여 기자 조선(箕子 朝鮮)을 세웠고, 그 후 연나라 때 위만(衛滿)이 많은 유민과 함께 넘어와서 위만조선(衛滿 朝鮮)을 세웠다는 기록이 있는데, 芮 씨가 이때 같이 넘어왔다는 기록은 찾아볼 수가 없다.

사기(史記)에 신라 시대 이전의 중국 역사, 은(殷) 나라 말기부터 주(周) 나라까지의 기록을 보면 크게 변란의 시기가 세 번 있는데, 첫 번째는 은 말기 폭군 주왕의 폭정과 몰락, 두 번째는 周 나라가 몰락의 길로 접어드는 turning point가 되는 주나라 왕 여왕(勵王)의 폭정, 이러한 사건이 우리 예 씨하고 무슨 관계가 있을까?

첫 번째의 주왕의 폭정을 피해 기자가 한반도로 피해 올 때 예 씨들의 귀족들이 동행했을 것이란 가정이다.

이 주장은 예춘호 대부 말씀의 근거이다.

이 주장이 힘을 받는 것은 울산 비석에 기록되어 있는 예웅은 실존 인물이었고 신라 시대에는 한반도에 상당한 세력으로 거주했다고 보이기 때문이다.

두 번째 사건은 BC 642년 진(秦)나라 목공 20년 芮 나라를 멸망시킨 사건이다. 나라가 망하면 왕족과 귀족들은 이웃 지역으로 피난하는 것이 상식이다.

예 나라가 망했으니 예 씨 성의 유민들이 한반도로 왔을 것이라는 가정이다. 아무튼 예가는 신라 때 이미 호족으로 살았던 것은 사실이다. 그때 한반도로 많은 유민이 흘러들어 왔을 것이란 가설이다.

세 번째 사건은 주나라 여왕(勵王)이 부를 축적하고 간신 영이 공을 가까이하며, 점치는 여자를 가까이 두고 올바른 말을 하는 신하는 점을 쳐서 없는 죄를 뒤집어씌워 죽이니 모두 함구하였다.

그리고는 "어때 내 실력이…" 하면서 자만에 빠져 국정을 마음대로 했다. 그러자 대부 예양부(芮良夫)가 여왕에게 간하여 말하기를 "왕실이 장차 몰락할 것 같습니다. 영이 공은 이익을 독점하면서도 그 큰 재앙은 알지 못합니다.

이익이란 만물에서 생기는 것이며 천지가 공평하게 소유해야 하는데, 누군가가 독점하면 피해가 많아집니다. 천지 만물은 모든 이가 같이 써야 하거늘 어찌 독점할 수 있겠습니까?

백성들의 분노가 커지면 큰 재앙에 대비할 수 없습니다.

그런데도 영이 공은 그런 식으로 폐하를 가르치니, 폐하께서 어찌 왕업을 오래 지킬 수 있겠습니까?

평범한 남자가 이익을 독점해도 도적이라 하는데, 하물며 왕께서 재물을 독차지하니 폐하를 따르는 사람이 드물 것입니다. 만약 폐하께서 영이 공을 계속 중용하신다면 주나라는 반드시 폐망할 것입니다."

여왕은 듣지 않고 옳은 말하는 신하들을 죽이니 목숨을 구하기 위해 도망가는 자가 많았고, 결국 반란이 일어나서 여왕은 죽고 주나라는 극도로 쇠약해져서, 천자로서의 권위가 약해지게 되었다.

예양부의 간언은 매우 올바르고 왕과 국가를 위해서 간한 충언이었지만, 못난 여왕의 역린(逆鱗)을 건드렸으니 그대로 있지 못하고 동방의 나라로 피신했을 것이란 가설이다.

어디까지나 가설이지 기록은 없다.

신라의 왕족과 몇몇 민가의 가력 외에는 족보라는 것이 없고, 고려 때부터 기록되기 시작하였다.

예 씨의 기록도 시조 예낙전(芮樂全) 공으로부터 시작된다.

예낙전 공은 고려 인종 때 문하 찬성사(文下 贊成事)를 지냈고 부계(義興 의 옛 지명) 군(君)에 봉해졌다. 후손들이 본관을 의흥(義興)이라 함은 이 때문이다.

공은 예 씨의 1세 낙전(芮樂全) 공으로부터 25세이다.

9세 충년(忠年) 공에 이르러 아들 3형제를 두었는데 첫째 난종(蘭宗)의 아들 극양(克讓)이 청도 입향시조(入鄕 始祖)이시다.

공은 어봉산(御鳳山)에 정착하였는데 봉이 날아오르는 것을 보고 어봉산 혹은 붕산(鵬山)이라 하였다 한다. 현재의 동네 이름도 봉전(鳳田)이라 불리다가 일제 강점기에 대전(大田)으로 바뀌어 불려 내려오고 있다.

입향시조가 터를 잡았던 곳은 오수정(박 씨 몇 집이 살았으나 모두 이사 가고 지금은 정자와 은행나무만 한그루 남아 있다)의 위치다.

오사정이란 재실이 있었는데 50년대 중반에 허물어져 없어지고, 동네 중심지로 옮겼었는데 그도 허물어졌다.

풍수지리

대전(또는 한밭, 봉전)은 1.2동으로 구성되는데, 747고지 우미산(牛尾山)을 주봉으로, 좌청룡은 산줄기가 힘차게 뻗어 동네 들머리에 태봉산을 거쳐 중칭산에서 한 번 더 기를 모았다가, 백호 등에서 마무리를 짓고 끝머리에 아름다운 필봉산(筆峰山)에 점을 찍었다.

이 필봉산이 대전의 안산(案山)이다.

우백호인 우미산에서 힘차게 뻗어 내린 산세는 609고지 홍두깨산에서 다시 힘을 모은 후 어봉산(御鳳山)을 거쳐 장판지의 명당자리를 마련하고 가금산(佳琴山)에서 마무리한다.

그 앞에는 젖줄 청도천이 흐르고 강 건너편에는 남산(南山)이. 남 주작(南 朱雀)으로 자리 잡는다.

남산은 임금이 앉아서 앞에 보이는 산에만 붙는 이름이다.

서울 남산, 경주 남산…

대구에는 앞산만 있다.

한밭(봉전, 대전)의 앞에 산은 南山이다.

옛날 이서국의 영향일까?

왕 같은 큰 인물이 날 수 있다는 비보 책의 예언일까?

공의 집은 대전 1리 동네 중앙에 있는데 200년이 된 고택이다. 어디선가 재실을 이축하여 지었다는데 윗채 4칸(4칸 두줄 배기: 부엌, 방, 마루, 방,

방 앞에 툇마루), 금강송으로 지어졌다. 대들보에는 그을음으로 글씨가 잘 보이지 않으나 구(龜:거북) 자가 두 개 쓰여 있다.

안채 부엌 뒷문을 열면 담으로 둘러쳐진 뒤꼍 뜰이 있는데 장독대와 몇 그루 과일나무 그리고 작은 채소밭이 있는 여인 전용의 공간이다.

넓은 마당과 크기가 비슷한 뒷마당이 있는데, 이 뒷마당이 1년 치 땔감의 저장소이기도 하고 웬만한 채소는 여기서 생산된다.

사랑채는 마루, 방, 방, 도장, 방앗간, 소 마구간으로 구성되어 있고 첫째 방 옆에 작은 방(약방, 혹은 초당 방), 다락 등이 부속 구조로 되어 있다. 사랑채에는 별도 중문이 있어서 안채와는 분리 형태를 띠고 있다. 사랑채에도 과일나무와 꽃나무 화단이 있어서 각종 과일과 꽃과 곤충, 새들을 볼 수 있다.

동네는 100여 호가 되지만 우물이 몇 개 되지 못했는데 공의 가택에는 우물이 있어서 반은 공의 가택에서 사용하고, 반은 동네 사람들이 사용하도록 분리된 접근로 형식으로 되어 있다.

02
공의 탄생

할아버지(수성 어른)는 손자 종국(宗國, 관명:秉珣), 상국(相國, 관명:秉周)이를 앞에다 두고 지난 이야기하고 있다.

"옛날에는 지금 뒤꼍에 있는 감나무보다 훨씬 더 큰 감나무가 앞마당에 있었지. 너희 증조할머니가 나를 낳을 때 그 감나무 아래에 커다란 호랑이가 누워 있는 꿈을 꾸셨대."

"그러면 할아버지가 호랑이이에요?"

"그렇지. 어~흥!"

"할부지 무서워!"

公은 1889년 음력 4월 29일 진기(震基)公과 공의 부인 밀양 박씨의 사이에 장남으로 태어났다. 자(字)는 자경(子敬), 호(號)는 지당(止堂)이다. 동생 한 분이 있었는데, 11세 어린 1899년 음력 2월 15일생 종화(鐘華)다.

字는 자회(子晦), 호는 만호(晩湖)이다.

공의 부인 밀양 손씨는 이서면 대곡에서 시집을 왔다.

공의 외가가 이서면 신촌이니 바로 외가의 이웃 동네라 인연이 쉽게 닿은 듯하다.

또한, 공의 막내딸을 그 옆 동네 칠곡에 시집보낸 것도, 맏손녀 정덕이를 공의 외가 동네인 신촌에 시집보낸 것도 모두 같은 인연의 흐름 같이 보인다.

공의 부인 손씨, 즉 할머니는 필자가 돌을 맞아 "떡쌀을 담가라."는 말을 끝으로 하시고, 마당 쓰는 빗자루질이 하도 이상해서 방으로 모셨는데 그때부터 중풍으로 일어나지 못하셨다 한다.

할머니에 대한 나의 기억은 없으나 할머니가 남기신 화엄경(華嚴經), 산왕경(山王經) 필사본과 아름다운 일화가 남아 있다.

〈사진: 화엄경 필사본〉

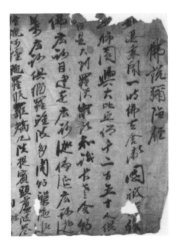

어느 해 추운 겨울 해가 서산에 넘어가고 어둠이 깔릴 때 노승(老僧) 한 분이 목탁을 치며 염불을 하는데 무척 추위를 타, 떨고 있었다 한다.

할아버지는 그 스님을 뜨끈한 초당 방으로 모시고 저녁 대접은 물론 장삼을 벗게 하여 할머니에게 두껍게 솜을 넣어 누비옷을 해 드리게 했단다. 집에는 재봉틀이 있었기에 어렵지 않게 옷을 지어 드렸는데 이에 감격했는지 그 스님이 한잠도 자지 않고 '이 업보를 어이할꼬. 이 업보를 어이 할꼬' 하였다고 한다.

할머니가 돌아가신 후 처음에는 어봉산 자락에 모셨다가, 각계 종중 땅 명당으로 이장하였는데 필자가 중학교 다닐 때 바로 몇 걸음 아니면 갈 수 있었기에 학교에 갈 때나 올 때나 꾸벅 인사를 했었고, 대령이 되어 땅굴을 찾겠다고 한겨울에 냉수마찰 등 무리하게 일을 하다가 뇌졸중에 걸려 서울대 대학병원에 실려 가서 위험한 지경에 이르렀는데 할머니가 생시같이 나타나서 웃으며 손자의 머리를 쓰다듬으며 '괜찮아' 하셨는데 그로부터 신기하게도 빠르게 회복을 하여 업무에 복귀할 수 있었던 경험이 있다(사진을 통해 할머니의 모습이 기억에 있음). 그 후로 필자는 할머니가 나를 돌보고 계신다는 믿음을 갖게 되었다.

할아버지는 할머니가 돌아가신 후 돌아가실 때까지 혼자 사셨고 "우리 집 가문에는 남자든 여자든 재혼은 없다"라고 하셨다.

할아버지는 딸 다섯에 아들 하나를 두셨는데 중간에 아들 하나를 어릴 때 잃었다는 이야기는 앞에서 말한 바 있다.

03
동생 종화공(鐘華公)

종화공은 부친 진기(震基)공과 모친 밀양 박씨의 둘째 아들이다.

公은 1899년 음력 2월 15일 태어났다.

초명(初名)은 종용(鐘龍)이었고, 字는 자회(子晦), 호(號)는 만호(晩湖)이다.

公은 형 鐘穆公과는 11살 차이였으며 公이 12세에 모친이 돌아가시고 6년 후 부친이 별세하였다.

부친 진기 공은 유일하게 동생 한 분이 있었는데 방기(邦基) 公이다.

방기 공은 부인 안동 손씨와의 사이에 자녀가 없이 부인이 1902년 음 1월 15일 돌아가셨다.

방기(邦基) 公은 후처로 밀양 박씨와 결혼하여 딸 하나를 낳고 1912년 음력 12월 28일 公이 돌아가셨다. 돌아가시기 전에 邦基公은 兄 震基公에게 대를 이을 양자를 부탁하여 둘째 아들 鐘華公이 양자로 가게 되었다. 이때 鐘華公의 나이는 13세였다.

12세에 친모가 돌아가시고 13세에 양부가 돌아가시고, 18세에 생부가 돌아가셨다.

형 止堂公(형 種穆公의 호)은 11세 위이므로 이러한 애사(哀事)가 있기 전에 밀양 손씨와 혼인하여 가정을 이루고 있었다. 만호(晚湖:鐘華 公의 號)공은 혼란이 왔을 것이다.

만호公은 천재적인 머리를 타고났다.

얼마간 혼란기를 겪으면서 바둑 장기 등 雜技에 빠져 대구 부산까지 그 분야에 이름을 날렸다.

晚湖公은 형의 간곡한 만류와 사랑으로 밀양에 좋은 스승을 모시고 조금 늦은 나이에 공부하기 시작했는데 그 재주는 단연 으뜸이었다.

하루는 형 지당(止堂)공이 서당을 방문하였다.

술과 고기를 넉넉하게 준비하여 동생이 공부하는 모습을 보고 싶어 불쑥 찾아온 것이다. 서당에서는 느닷없이 찾아온 손님 덕분에 후식과 만찬의 기대감으로 들떴다. 止當公은 동생의 실력도 확인하고 친목의 분위기를 살리기 위해 詩作 대결을 훈장에게 제안했다.

상투에 4치(약 13cm)의 심지를 달고 불을 붙여서 심지가 타는 시간 내에 詩를 짓되 수작(秀作)으로 뽑히는 者에게 상으로 첫 잔을 훈장이 내리기로 했다.

운(韻)은 止當公이 내었다.

晚湖公이 장원을 했고 흥과 운치가 넘치는 술판이 벌어졌다.

할아버지는 이 이야기를 손자에게 여러 번 들려주었으나 아쉽게도 그날의 시제(詩題)가 무엇이었는지 수작(秀作)의 내용은 어떠했는지 알 길이 없다.

晚湖公은 형 止堂公의 사랑채에 기거하면서 한약방을 관리했다.

晚湖公이 아랫마을 본가에서 형 댁으로 걸어올 때면 그 풍채가 사람들의 칭송을 받았다. 훤칠한 키에 약간 살이 찐 몸(당시에는 뚱뚱한 몸매를 부러워 했음), 백옥같이 흰 얼굴과 인자한 눈, 아름답고 풍성한 수염, 너털웃음과 가벼운 농담, 칭찬을 아끼지 않는 인사말…. 공을 닮아서인지 자녀 열 명을 두었는데 모두 인물이 출중하고 머리가 좋았다.

이서면장 취임식에서 축사했는데 청아한 음성이 끝날 무렵 조금 흔들렸다고 한다.

집에 돌아와서 몸져누웠고 오랜 투병 끝에 일어나지 못하셨다.

공은 1956년 음력 6월 26일 57세의 나이로 돌아가셨다.

병구완은 형인 止堂公이 본인이 지은 람휘당(覽輝堂) 제실에서 손수 하셨다.

할아버지(지당 공)는 아우를 먼저 떠나보내면서 크나큰 비통에 빠져 크게 우시고 피를 많이 토하셨다. 엄마와 누나가 물을 길어 와서 할아버지를 씻기고 안정을 취하게 하는데 무척 놀라고 수고를 하였다. 할아버지는 조금 진정되자 옆에 놀라 서 있는 나(둘째 손자)를 끌어안고 많이 우셨다.

"네가 대학 들어갈 때까지만 살면 좋겠는데…"

"형은 珣(순임금) 자를, 너는 주나라의 周(姬旦공은 형 무왕을 도와 주나라 건국에 큰 공이 있었으며 노(魯) 나라를 봉지로 받음)자를 이름으로 한 할아버지의 뜻이 있다.

형이 못하면 네가 하도록 해라"

그때 나는 초등학교 4학년 열 살이었고, 형은 대구 경북중학교 1학년 재학 중이라 자리에 없었다.

"아명을 형은 종국(宗國:나라에서 제일 높다는 뜻), 너는 상국(相國:영의정 좌의정 우의정을 합친 자리)으로 한 것도 할아버지 뜻이 있다."

형과 아우라고 하지만 평범한 경우와는 사뭇 달랐다.

나이의 차이도 있지만 어린 나이에 생모 생부를 잃고 양자로 들어가서 정을 붙이지 못하고 술과 잡기에 빠져 흔들릴 때 公은 형으로서 아버지로서 역할을 하며 가르치고 결혼을 시키고 이끌어 온 것이 마음에 사무쳤을 것이다.

특히 혈육이라고는 단 두 형제뿐이다.

晚湖公은 숨을 거둘 때 형의 품에 안겨서 "이제 사람 노릇 좀 하려니까 먼저 갑니다." "어린 자식들을 부탁합니다."라고 하여 형의 마음을 더욱 아프게 했다. 할아버지는 본인을 위해 준비한 오동나무 관(棺: 옻칠을 해서 미리 준비했음)과 묏자리를 동생에게 내어 주었다.

晚湖公은 슬하에 아들 일곱과 딸 셋을 두었다.

위로 아들과 딸은 결혼했으나, 아들 여섯과 딸 둘은 아직 어렸다.

여섯 중에 성수(용덕)가 고등학교에 다니고 있었으니, 그 아래는 말할 나위 없이 어렸다. 형 止堂公은 남겨진 조카들에게 후견 역할을 맡게 되어 형으로서 의리를 다하였다.

이 이야기는 계속 이어진다.

04
아들 영수(瑛洙)

지당公은 딸 셋을 낳고 아들을 낳았는데, 그 아들을 잃고 그후 公은 딸 하나를 더 낳고 아들(영수)을 낳았다. 그 후 손씨 부인 나이 50에 쉰둥이 딸 하나를 더 두었다.

그러니까 딸 다섯에 아들 하나다.

아들 하나! 귀하고도 귀한 아들!,

무쇠같이 튼튼하여지라고 아명을 철(鐵)이라고 지었다.

1922년 음력 2월 21일생이다

字는 윤재(潤哉), 관명은 영수(瑛洙) 이다.

아들 철이가 태어나서 100일을 막 지나고 무척 더운 어느 날 윗채 마루에서 잠을 자고 있었다.

밤이 깊어서 갑자기 철이가 몹시 보채며 울었다.

부인 수성댁은 公이 잠을 설칠까 염려하여 아기를 안고 방에 들어갔다. 바로 이때 열어둔 마루 뒷문으로 송아지만한 늑대가 섬벅 들어와서 아기가 누워 있던 자리에 입을 갖다 대었다.

公은 순간적으로 팔꿈치로 늑대를 후려쳤다.

늑대는 옆구리를 세게 얻어맞고는 깜짝 놀라 '캥' 소리를 내며 성큼 마당으로 뛰어내려 담을 넘어 도망갔다.

순식간에 일어난 일이다.

'자칫 또 아들을 잃을 뻔했구나'

공은 정신이 번쩍 들었다.

'덥더라도 문단속을 철저히 하고 가을걷이가 끝나고 나면 산 짐승을 잡아야겠다.'

이때부터 겨울철에 눈이 오면 동네 청장년들의 무료함도 달래고 단합도 시킬 겸 늑대 사냥의 행사가 시작되었다.

아들 영수(瑛洙)公은 15세가 되어 3살 많은 밀양 박씨 증환(曾煥) 여사와 결혼하였다. 公이 장가 왔을 때의 모습을 어머니가 아들에게 들려준 말을 빌리자면, "훤칠한 키에(178cm) 수려한 이목구비, 햇빛을 받아 푸른빛이 나는 큰 갓을 쓰고, 많은 사람 중에 우뚝한 모습은 전혀 나이 어린 티가 나지 않았단다."

부인 밀양 박씨는 고향이 수야동이며 박기현(朴紀鉉). 호(號) 형재(逈齋) 公(1898~1991)의 맏 따님이다. 수야동에서 시집 왔으니 宅號(택호)를 수야 댁이라 지었다. 그때 풍습은 결혼 후 시집에 가기 전에 1년간을 친정에서 수업을 받는데 이 기간을 신행 전이라고 부른다.

수야 댁은 부친과 모친의 평소 가르침을 바탕으로, 신행 전에 종가 댁의 예의범절과 기제사 등 많은 일을 처리해나갈 맏며느리로서의 수업을 받으며 수양으로 책을 필사했는데 '권익중전'(연대 미상의 고전 소설)의 5권을 필사하였는데 남아 있다.

〈사진: 어머니의 필사본〉

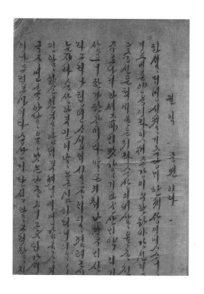

수야댁은 고금을 통하여 명사들의 문장과 도덕을 익혔고, 당시 유행하는 옥루몽, 두껍전, 장끼전 등을 모두 줄줄 외웠다. 어머니는 그 시대의 최고 지식인이며 문장가이며 도덕과 교양을 갖춘 여인이었다.

아버지는 부유하고 딸 많은 집의 외동아들로 태어나서 사랑과 귀염만 받았을 것 같았는데 그렇지 않았던 것 같다. 그 이유는 할아버지가 엄청 엄하셨다. 아버지는 이서 소학교(이서 초등학교의 전신)를 다녔는데 수업이 끝나고 청소 시간에 유리창을 닦으면서 유행가를 흥얼거렸던 모양이다. 이것을 본 교장 선생이 할아버지에게 이야기했고, 할아버지는 당장 학교를 풍각 소학교로 전학시켜 버렸다. 오직 국어, 수학, 역사만 학문이고 그 외에 노래, 미술, 체육 등 특과는 학문으로 취급하지 않고 잡기 정도로 생각하셨던 것 같다.

그러나 아버지는 할아버지가 원하는 조선 시대 양반 풍모에 갇혀 있기에는 머리가 너무 좋았고 시대에 앞서 있었다.

기계공학적인 면에서 뛰어난 소질과 물건을 만드는 솜씨, 상상력, 사고의 기동력 등 타고난 과학의 천재였다.

남들을 돕고 사회의 지도자적인 품성도 탁월했다.

祭文 0006
甥 芮瑛洙 | 逈齋 朴紀鉉 | 壬申(1992) 7月 4日 | 30.3×64.5cm

사위 예영수芮瑛洙(필자의 부친)가 장인의 소상 때 지은 제문.

그 시대 여성들이 하는 일은 너무나 과중했다.

시대적으로 전쟁 후여서 남자들은 귀하고 여자들은 천대하는 의식이 자리 잡고 있었다. 의·식·주 중에서 衣와 食은 여성의 몫인지라 대식구인 우리 집의 여인들은 정말 고생이었다.

아버지의 많은 발명품 중에서 몇 가지만 열거해 보면 다음과 같다.

아버지는 재봉틀을 개조하여 손으로 돌리지 않고 발을 사용하도록 했다. 옷을 만들 때 무명 농사부터 옷감이 되기까지의 과정은 열 단계도 넘는다. 아버지는 베틀에 실이 들어갈 때까지의 과정을 단순화해서 나무로 기계를 만드셨다.발로 발기만 하면 실이 북에 들어가는 데 맞도록 감기는 기계를 만든 것이다.

사과밭 농사도 보통 일이 아니다.

특히 소독 문제는 약을 드럼통에 타고 장정이 펌프질하고 혼합된 약이 가라앉지 않게 계속 저어 주고 그리해서 호수를 통해 간 소독약은 분무를 통해 나무에 뿌려진다. 이러한 일이 최소한 1년 내내 1주일에 한 번씩은 해야 한다는 것이다. 그러니까 2~3일 만에 한 번 소독이 끝나면 3일 후에 또다시 소독해야 하고 인력도 많이 들었다.

그런데 아버지는 2마력 원동기를 사서 드럼통에 소독약만 타 놓으면 펌프가 자동으로 약물 혼합(젓기), 약물을 호수로 보내기를 하는 기계(펌핑기)를 발명하여 획기적으로 노동력을 줄일 수가 있었다.

이뿐만이 아니다.

바로 아버지는 사과의 무게를 이용하여 크기별 선별기를 발명하셨다. 지금이야 전자식 선별기가 있지만, 그때는 크기별 철사 고리를 만들어 사과를 통과시켜서 분류하는 수작업이었으니 불편하기가 이를 데 없었다. 아버지는 자전거 바퀴에서 고무는 떼어내고 숟가락 끝에 막걸리잔을 용접하여 사과를 올려놓는 장치를 하고, 숟가락을 시소 같이 중간에 힌지를 장치하고 끝에는 스프링을 다는데 스프링의 강도를 사과 크기에 따라 각자 다르게 해서 사과의 무게에 따라 일정 위치에서 젖혀져서 사과가 쏟아지도록 하는 방식이다. 기발하지 않을 수 없다. 자전거 바퀴를 천천히 돌리면서 잔 위에 사과를 올려놓으면 사과 크기별 위치에서 떨어지게 되는 것이다.

양조장에는 힘센 일군들이 술을 거르는데 채도 잘 찢어지고 일군들 삯도 만만치 않았다. 아버지는 원뿔꼴 모양에 촘촘한 망을 씌우고 술을 원뿔꼴 통에 붓고 천천히 페달을 밟으면 술이 걸러져 나오는 기계를 발명하였다. 원심력을 이용한 것이다.

지금의 눈으로 보면 탈수기와 같은 원리이다.

이외에도 기름 짜는 기계, 논에 들어가지 않고 길에서 하는 소독 기계, 메밀면 만드는 기계, 가래떡 만드는 기계 등 기발한 발명품이 있었으나 모두 할아버지의 재력 아래 일종의 취미 생활이지 생활비에 보탬은 되지 않았다.

아버지의 끝 모르는 기술이 끝내는 가문이 기우는 대사건이 발생했다. 수력발전소를 자력으로 건설하신 것이다.

05
사돈(외할아버지) 기현 형재(逈齋)公

형재공은 병재 문중의 후손이다.

청도군 이서면 수야리에는 병재 박하징 문중의 후손들이 세거했던 곳이다. 병재 박하징의 명동서사, 수모재 박적의 외유정, 도계 박동유의 경도재, 박중신의 귀후재, 박정룡의 묘소, 후강 박재시의 묘소, 형재 박기현(외할아버지)의 묘소 등의 유적지가 있다.

외할아버지가 94세로 돌아가시고 그 유품을 정리하여 한국 국학 진흥원(안동 소재)에 기탁하였는데, 고서 568점, 고문서 1864점, 서화 7점 등 모두 2439점에 이른다.

이외에 외할아버지 후손들이 개인 소장한 것과 조카 (전) 국사편찬위원장 박영석 씨에게 전수한 것도 수십 점이 될 것으로 보여서〈영남 제일 학자〉라는 세칭이 부끄럽지 않은 학자였음을 보여준다.

한국 국학 진흥원은 별도의 실(室)을 만들어서 기탁 품을 전시하고 목록집을 전산화하였으며, 한국 국학 진흥원의 전임 연구원 김주부(金周副)는 밀양 박씨 병재 문종 형재 가의 가학 연원과 기탁 자료의 가치라는 제목으로 평가하였는데 요약하면 다음과 같다.

박기현(1898~1991)의 자는 한수(漢叟), 호는 형재(逈齋) 또는 유당(裕堂), 본관은 밀양이다. 어릴 적부터 아버지 후강 박재시로부터 글을 익혀 문사가 일찍부터 성취되었다. 장성해서는 심재 조긍섭의 문하에서 계발함을 알고, 경사를 탐도 하며, 도의를 강구하여 덕행과 학문을 축적하였다. 형재 선생은 평소에 용의(容儀)를 바르게 하고, 의관을 벗지 않으며, 청검(淸儉)하고 간묵(簡黙)하며, 외물로서 마음을 교만하게 아니하며, 염정자수(廉精自守)하고, 겸허자목(謙虛自牧)하며 입으로 빠른 말과 얼굴에 성낸 빛을 드러내지 않았다. 선조를 위해 전후 문자를 짓고, 묘갈을 세우고, 재사를 건립하는 데에 정성을 다하였으며, 종사에 난처한 일이 있으면 반드시 논의하여 결정하였다.

한편 친구를 사귐에서는 신의를 지키며 너그럽고 친절하였다.

특히 이현규, 변영만, 하성재, 성순영, 조규철 등과 도의로서 교제하였는데, 이때 지은 시문과 왕복한 편지도 남아 있다.

형재 고택의 박운묵, 박재식, 박기현, 박장현은 청도와 진주, 대구, 창녕, 안동 지방의 학자들과 교류하면서 강학과 저작 활동을 하였다.

당대의 충청도와 서울지역의 학자들과 교류하거나 강학하면서 많은 고서와 고문서를 남겼다.

외할아버지 형재 선생이 소장한 고전적인 현황을 살펴보면 고서가 568점, 고문서가 1864점, 서화 7점으로 합계 2439점이다.

그중 대표적인 것은 李子粹語^{이자수어}, 雲陶雅選^{운도아선}, 院錄^{원록}, 東亭書抄^{동정서초}, 述古錄^{술고록}, 甲韻抄冊^{갑운초책}, 輓祭抄冊^{만제초책}, 後岡謾錄草本^{후강만록초본} 등의 필사본을 비롯하여 小學諸家集^{소학제가집} 註增解^{주증해}, 형재 문집 등 고 서류 277종 568책이 있다.

상소, 소지, 호적, 명문, 간찰, 고목, 통문, 치부기, 시문, 만사, 제문, 행장, 홀기, 좌목, 성책, 기타 근현 대문서 등 고문서류 21종 1864점, 박적의 위유정과 박재시의 후강정사에 대하여 쓴 서화류 7종 7점 등 모두 305종 2439점이다. (한국 국학 진흥원에 기탁 보관)

〈사진: 현산 이현규이 형재 박기현(외할아버지)의 서실에 대하여 지어준 당호〉

〈사진: 형재 박기현의 친필 현판〉

〈병재 박하징의 학덕을 기리기 위해 세운 명동서사 현판〉

〈도계 박동유의 학덕을 추모하기 위한 경도재 현판〉

〈귀후재 박중신을 추모하기 위한 경도재 현판〉

할아버지와 외할아버지의 에피소드를 서술한다.

내가 초등학교 1~2학년 때 일이다.

외할아버지가 오셨다.

외할아버지는 술을 하지 않으셨는데 할아버지가 아껴두었던 포도주를 장방(다락)에서 꺼내 와서 따르자 한잔 쾌하게 마셨다. 뒤이어 입에 가져간 할아버지가 "사돈 휘발유입니다. 토하세요." 장방에 휘발유를 담은 병과 포도주병이 같이 있었는데 할아버지가 휘발유병을 포도주병으로 착각했던 것이다. 그 당시 휘발유는 라이터 기름으로 사용하기 위해 병에 담아 보관하곤 했다. 외할아버지는 얼굴빛을 조금도 바꾸지 않고 "휘발유를 약으로도 쓴답니다."라고 태연히 말씀하셨다.

외할아버지의 누나, 즉 어머니의 고모는 대구광역시 달성군 화원읍 문 씨인데 큰 부자였던 것 같다.

가끔 어머니가 말씀하셨다.

"문씨 일가가 가죽나무로 대궐 같은 집을 짓고 동네를 이루고 살았고 집에는 만권 지서가 있었다.

고모가 한 번씩 오면 귀한 선물과 보약을 가져 왔었다."

그 큰 부자가 무슨 토지 개혁인가로 모두 빼앗기고 어렵게 되었다는 이야기도 하였다.

외할아버지께서 누나 문씨 일가에서 가져온 큰 벼루(그렇게 큰 벼루는 본 적이 없음)를 우리 집에 가져와서 할아버지와 나누기 위해 쇠톱으로 둘로 자르는 광경이 기억에 남아 있다.

내가 중령 때 육군본부에서 근무했는데 문 씨 후손으로 공군 사관학교를 나와 중령으로 근무하는 분을 우연히 만났고, 그 집안에서 대구 직할시장으로서 푸른 대구 가꾸기로 유명한 문희갑 씨도 알게 되었다.

외할아버지는 94세까지 맑은 정신으로 사셨다.

임종하기 직전 문안하러 갔는데 그때 나는 육군 대령으로 김연각 대장(2군사령관)의 비서실장으로 재직 중이었다.

외할아버지는 "상국(나의 字)이 왔나?" 하시며 알아보셨다.

이렇게 장수하면서도 정신이 맑았던 것은 나름 다음과 같이 생각해 왔다.

1. 술과 담배를 일절 하지 않았다.

2. 활동하신 범위가 대구, 안동, 부산, 밀양, 진주 등인데 차를 타지 않고 걸어 다니셨다. 밤에도 걸어서 다니셨고 가끔 짐승이 뒤따라 와도 돌멩이를 하나 손에 쥐고 산길을 넘었다.

3. 초봄에 새로 나는 솔잎 한 움큼을 가지런히 모아 실로 감아 고정한 다음 칼로 보드랍게 잘라서 쌈지(주머니)에 넣고 다니며 한 숟갈씩 물과 함께 드셨다. 평생을 이렇게 하셨으니 도마가 닳아 깊이 골이 파이고 칼도 닳아 날카로워졌다.

4. 일절 화를 내지 않고, 여유 시간에는 항상 책을 읽었다.

손자가 본 외할아버지의 모습이다.

3장

止堂公 가문을 일으키다

01
수리(水利)사업과 개간(開墾)사업

公의 나이 29세에 부친이 별세하시고 가장이 되면서 우선 동네의 인심을 모으는 것이 먼저 할 일이라고 생각했다. 늘 화합한 다음에야 큰일을 할 수 있다(先和後造大事)라고 하셨다.

동네는 상대전 100가구 하대전 100가구 모두 200가구가 살고 있었다. 모두 芮가다. 外姓은 朴씨 10여 가구가 있을 뿐이다.

모두 항렬을 따져서 서열이 잡혀 있다.

길 가다가 마주치면 허리 굽혀 인사하고 안부를 묻는다.

公은 어른들을 공경하는 데 정성을 다하였다.

명절이 되면 모두 차례를 지내고 산소에 가서 묘사를 지내는데 公은 동네를 지나가는 아랫마을 어른들을 사랑채에 모셔다 술과 음식을 대접하는 예를 해마다 하다 보니 자연히 어른들이 公을 칭송하고 동네의 으뜸 청년으로 대접하게 되었다. 동네 인심을 모은 다음 처음 시작한 사업은 水利사업과 개간사업이었다.

동네 이름은 통상 그 지역의 특성을 따라 짓는다.

봉전(鳳田)이란 이름은 풍수적인 이름이었고, 원래 이름은 한밭이었다. 한밭은 말 그대로 넓은 밭 혹은 한발이 심한 메마른 밭이란 의미다.

이것이 나중에 일제 강점기에 대전(大田)으로 바뀌었지만 말이다.

모두 하늘의 비를 기다려서 농사짓는 천수답이다 보니 작파 시기에 비가 오지 않으면 모두 메밀을 심어서 들판이 메밀꽃으로 하얗게 되었다. 公은 동네 동쪽에 있는 개천(평소에는 메말라 있음)의 바닥에 긴 도랑을 파고 납작한 돌과 나무를 이용하여 은구(隱溝)를 만들었다(개천 상류의 지하수를 모아 은구를 통해 하류로 방류). 公은 이러한 은구를 동네에 네 개를 만들었다. 은구에는 4계절 아무리 가물어도 가득히 물이 흘러나왔다.

때를 같이하여 개간사업을 하였다.

그 당시 개천은 산에서 흘러내리는 사토(沙土)로 인하여 강바닥이 들판보다 오히려 높고 강물은 이리저리 흘러 강폭이 무척 넓었다.

公은 강물이 실어 날라온 돌들로 둑을 쌓고 강폭을 조절하고 나니 자연적으로 경작지가 생겼다. 그러나 원래 강이었던 지라 돌투성이였다. 돌을 골라내고 바닥을 고른 다음 흙을 실어다 깔았다.

첫해에는 돌이 많고 물이 돌 사이로 빠져 농작이 별로였지만 매년 농한기에 돌을 치우고 흙을 나르다 보니 점차 옥토로 바뀌었다.

그때는 쌀이 주식이었고 부(富)의 척도였다.

그래서 논이 있어야 했고 쌀농사를 지으려면 물이 있어야 했으니 公은 일거에 이것을 해결하였다.

02
한약방을 차리다

公은 밀양 손씨와 혼인하여 딸 셋을 낳고, 아들을 두었다.

앞에서 기술한 바 있지만, 그 아들이 다섯 살 되던 해 마당에서 놀다가 넘어져서 가슴 부위를 날카로운 돌에 찍히고 말았다.

아프다고 호소하는 아들을 별다른 치료 없이 하루를 지나고 나니 염증이 생겨 고약을 붙이고 곧 나으려니 했는데 온몸이 불덩이였다.

이렇게 삼사일을 보내다가 안 되겠다고 생각하고 대구에 있는 일본 사람이 운영하는 병원에 갔더니 파상풍균이 침투하여 때가 늦은 상태였다. 이렇게 너무나 허무하게 아들을 잃은 公은 자신의 의료 분야에 무식함을 한탄하며 울었지만 한번 간 자식이 살아 돌아올 리 만무하였다. 公은 탄식을 멈추고 "내같이 무식하여 귀여운 자식을 잃는 일이 누구한테도 있어서는 안 되겠다."라고 다짐하며 명성이 있는 한의원을 집에다 모셔 놓고 의술을 배우기 시작했다.

이것이 한약방을 차리는 계기가 되었다.

당시 의료시설이 거의 없고 면과 읍에 공의가 있으나 시설이 약하고 제대로 된 병원은 대구까지 가야 했다.

그나마 모두 가난했으니 병원에 가는 것은 거의 불가능했다.

약방문을 열기가 무섭게 많은 사람이 몰려들었다. 일이라도 돕겠다, 허리 숙여 고맙다는 인사로 약값을 대신했다.

더 큰 일은 때가 되면 음식 대접을 해야 하는 일이다. 이런 일들은 모두 어머니에게 부담으로 몰려 왔다. 아버지는 워낙 호인인지라 가정 형편과 엄마의 고충을 전혀 몰랐다. 전쟁 시에도 피난민 중에 기침을 많이 하는 환자를 데리고 와서 약을 달여 치료하고 식사까지 대접해 보내곤 했다. 그리고 의술을 배우러 온 사람들이 숙식하며 배워 갔다.

이런 말이 생겨났다.

'한밭 침쟁이 몰 침쟁이'

할아버지로부터 의술을 배워 직업으로 삼은 몇 명을 나열하면 다음과 같다.

와촌 어른

와촌은 택호. 항렬이 기(基)자이니 할아버지의 족숙(族叔:아저씨)이지만 나이로 보면 같은 연배의 친구다. 어릴 때 소아마비를 앓아 한쪽 다리를 저는 상태다. 와촌 어른은 할아버지로부터 의술을 배워 경지에 오르자 부산으로 가서 의원을 차렸다.

내가 고등학교를 대구에서 다닐 때 와촌 어른은 대구 삼덕동에 계셨다.

한 달에 두세 번은 인사드리러 갔었는데 와촌 어른은 좋은 가르침을 많이 주셨다. 기억에 남아 있는 말씀은 "겸손해라" "양보하는 마음이 큰 인물이 되는 소양이다"

나는 이 말씀을 가슴에 새기고 공직을 수행했다.

와촌 어른은 할아버지로부터 배운 의술을 생업으로 한 3인 중에 한 분이다.

예종우 부친

예종우는 나의 친구이자 항렬로는 할아버지뻘이다.

그의 부친은 기(基)자 항렬이니 나의 할아버지보다 항렬이 높은 족숙(族叔)이다. 이분도 할아버지로부터 의술을 배우고 청도읍에 의원을 차려 가업으로 삼았고, 그의 아들 종우씨가 물려받아 창원에 의원을 갖고 성공적으로 활동하고 있다.

신암 어른

신암은 택호다.

본명은 박호수 어른이다.

그의 외가가 대전이고 할아버지 외가가 그의 동네인 신촌이다.

그의 어른은 할아버지와 친구다.

어릴 적에 가난하여 서당에서 공부할 때, 남들은 도시락을 먹는데 본인은 도시락을 준비할 형편이 안되어서 피해 있다가 물로 배를 채웠다 한다.

역시 할아버지로부터 의술을 배웠고 이서면 소재지 학산에 의원을 열었다. 의원을 찾는 환자가 오면, 새벽 일찍 대전(거리:4km)에 와서 할아버지에게 물어 화지(처방)를 받아서 치료했다 한다.

시간이 흐르면서 청도에서 최고의 명의가 되었고 집안도 크게 일어났다. 공은 모친이 돌아가셨을 때도 부친이 돌아가셨을 때도 3년간을 학산에서 본가까지 20여 리 길을 걸어서 무덤에 곡하고 다시 돌아오곤 해서 효자로 명성이 있었고, 성품이 온화하고 덕스러워서 칭송이 자자했다.

누나 정덕(貞德)을 호수 씨 조카 희명(熙明)에게 출가시켜 두 가정의 연결을 더욱 공고히 했다.

누나가 그 집안에 시집 가보니 시동생 중에 친정 동생과 같은 이름이 둘이나 있어서 '병주 누나가 병주 형에게 시집갔다.'

또 '병순 누나가 병순 형한테 시집갔다'라는 농담이 생겨났다.

신암 어른이 할아버지를 존경하여 조카들 이름을 할아버지 손자 이름을 따다 지었다.

자형 희명은 중학을 졸업하고 합천 추연 권(秋淵 權) 선생을 모시고 수학하였는데, 그때 형 병순도 같이 수학하였다. 이것도 우연이 아니라 할아버지와 신암 어른이 서로 뜻을 아는 결과였다.

신암 어른이 돌아가시자 자형과 영남 학자들이 뜻을 모아 유림장으로 선포하고 국내는 물론이고 전 세계의 기자들이 몰려들어 〈마지막 유림장〉이라는 제목으로 언론을 달구었다.

天降惟公九四春
以仁爲壽養吾身
道傳洙泗淵源的
學受深門德業新
鄕失著龜人自慟
世無柱石孰與倫
厚蒙眷愛還多感
永訣哀詞淚不貪

外孫女壻宗末熙明謹輓

輓詞 0002
外孫女壻宗末 朴熙明 | 朴紀鉉 | 19.0×29.6cm

외손녀 사위(필자의 매형) 박희명朴熙明의 칠언율시로 된 만사.

03
술도가(양조장)를 창업하다

술도가는 1개 면에 한 개를 두는 것을 법으로 정한 것 같다.

그때는 술을 개인이 담그지 못하고 정부에서 통제했다.

즉 전매 업종이었다.

이서면에는 술도가가 없었다.

할아버지는 술도가를 이서면 소재지인 학산에 설립할 계획을 세우고 실천에 들어갔다. 최종 인허가자는 군수 영감이다.

만약 군수 영감이 의견을 물어봤을 때 할아버지에게 유리하도록 말해 줄 사람은 평소에 다 사귀어 놓았다. 그리고는 군수 영감과 식사를 했고 만족할만한 대접을 한 것 같다.

몇 번 말씀하셨다.

"대접할 때는 상대방이 만족하다고 생각하는 그것보다 조금 더 풍족하게 하되, 잔돈은 아껴야 한다."

"대접은 흡족하게 하되, 집으로 돌아올 때는 걸어서 왔다.

어떤 이는 대접에서는 부족하게 돈을 아끼고, 집으로 돌아갈 때는 택시를 타고 가더라. 내 생각과는 다르다.

써야 할 때는 아끼지 말고 적은 돈은 아껴라!"

*한 방울의 술이 잔을 넘치게 한다.

- 나폴레옹 -

술도가를 허가받고 학산 마을 중심지에 건축물을 짓고 우물을 팠다.

술맛은 물이 좌우한다. (지금도 그때 판 우물이 있다.)

남자들은 대부분 낮이고 밤이고 술에 취해 있는 세태(世態)였다.

술은 인류 역사와 같이 시작되었고 술에 대한 평가는 나쁘지 않다.

영웅호걸은 모두 술 예찬가들이다.

술 없이 관·혼·상·제가 되지 않는다.

게다가 술을 개인이 빚지 못하게 법으로 정해져 있으니, 술도가는 그야말로 부자가 되는 고속 도로였다.

술 주문에 배달하려다 보니 말술은 지게로도 하지만 자전거가 필요했다. 당시 자전거는 1개 면에 5~6대 밖에 없었다고 한다.

아버지는 자전거를 잘 타서 논둑을 달렸다 하니 자전거 타는 실력이 좋았던 것 같다. 사람들이 호기심에서 '나도 한번 타보자'하고 타봤을 때 비틀비틀하다 쓰러졌으니 자전거를 타는 아버지를 얼마나 부러워했을까?

내가 육사 다닐 때(1965~1969) 겨울방학 때 스케이트를 못에서 타면 나무하러 갔다 돌아오던 동네 청년들이 '나도 한번 타보자' 하면서 스케이트를 신고는 얼음 위에 쓰러지는 모습에서 미루어 생각해 볼 수 있다.

술도가를 몇 년간 경영하면서 할아버지는 생각에 잠겼다.

첫째, 손님이 구름 같이 몰려드니 대접하는 일이 만만치 않았다.

잠시도 자리를 비울 수 없고, 온갖 세상 이야기를 들어주는 것도 할아버지 성미에 맞지 않았다. 그리고 손님을 대접하다 보면 본인도 대작을 아니 할 수 없고, 너무 술을 많이 마시게 되는 일이었다.

둘째, 딸이 많은 할아버지는 딸들이 자라 혼기가 가까워지는데 외부 사람들이 수없이 들락거리는 것이 할아버지 성미에 맞지 않았다.

셋째, 하나 있는 아들이 공부보다는 기술 쪽에 취미를 갖고, 자전거를 타고 하는 일이 할아버지 성미에 맞지 않았다.

넷째, 面에 큰일이 있으면 부조로 술을 하니 지출이 많고 수익이 되지 않는다.

"어허 군자가 할 일이 아니로다."

할아버지는 어렵게 창업한 술도가를 팔기로 했다.

당시 재력가인 박재만 씨가 인수했고 할아버지는 한밭 본가로 돌아왔다. 그 후 박재만 씨는 술도가를 팔아 그 돈을 종잣돈으로 이서중학교를 설립해서 지역 명문 학교로 키웠다.

04
사과밭을 일구다

일제 말기 대구 경산 지역은 사과 농사짓기에 적합한 기후였기에 경산 대구 주변에는 사과 농사가 유행처럼 일어났다.

공은 사과밭도 일구었다.

사과 한 나무가 논 한 마지기(200평)보다 낫다는 말이 있을 정도로 사과밭은 부자가 되는 코스였다. 할아버지는 돌을 치워 논을 개간한 것과 같은 방식으로 돌을 치워 밭을 만들고 밭 주변에는 탱자나무로 울타리를 만든 다음 사과나무를 심었다.

늦가을에 생산되는 국광이 제일 많고, 초여름에 수확되는 골덴, 늦여름에 생산되는 아사이. 인도 등, 그리고 자두, 풍개, 앵두, 버찌, 포도 등 과일을 종류별로 몇 그루씩 심었다.

'사과 한 나무가 논 한 마지기보다 낫다.'라는 말이 유행어 같이 떠도는 때이다.

사과밭 언덕에는 근사한 2층 정자도 새웠다.

사과밭과 관련하여 할아버지 성품을 잘 알 수 있는 사건 한 가지를 기술하지 않을 수 없다.

사과밭이란 것이 일은 한없이 많으면서, 그것을 관리하고 내다 파는 일은 양반이 할 일이 아니었다.

지금같이 수익과 지출을 따지고 경영에 대한 인식이 높지 않은 때라 주인은 있지만, 동네 간식의 원천지였다.

나도 몇 번이나 울타리를 뚫고 들어와서 사과를 따는 사람을 보았지만 뭐라고 말하지 못했다.

'주인은 썩은 사과나 떨어진 사과를 먹고, 침입자는 나무에 달린 가장 잘 익고 맛있는 사과를 먹는다.'라는 말이 농담으로 돌아다녔다.

내가 육사 다닐 때 동네 아저씨 한 분이 한국일보사 논설위원이시고 문화계 거두(무형문화재 창시자) 이셨고, 그 제(弟)씨는 토지공사 감사인 분이 계셨는데 나는 서울에 가까운 친척이 없던지라 그 아저씨 집에서 가끔 식사도 하고 잠도 자곤 했다.

나를 무척 사랑하여 육사 입교식 때 신문사 기자분들이 와서 사진을 찍어주고, 졸업식 때도 기자분들을 보내 축하해주셨다.

군 생활할 때도 늘 일깨워 준 인생의 스승님이었다.

하루는 저녁 식사를 마치고 말씀하셨다.

아저씨가 고등학교 다닐 때 방학이 되어 시골에 왔는데, 재미 삼아 형제가 사과밭에 들어가서 사과를 따다가 할아버지에게 들켰다는 것이다.

형제는 집에 돌아와서 호랑이 같은 수성 어른에게 혼나겠다고 생각하고 몹시 불안했는데 저녁 식사를 마치고 수성 어른이 일군을 데리고 집에 왔더라는 것이다.

'아이고 이제 큰일이 벌어지겠다.'라고 생각했는데 어른(할아버지와 항렬이 같은 동생뻘)에게 "애들이 방학해서 온 모양인데 먹어보라고 사과 좀 가져왔네."

그리고는 일군이 지고 온 사과 자루를 내려놓고 가셨다는 것이다.

이 이야기를 명사(名士)이신 아저씨에게서 듣고 '아, 우리 할아버지는 정말 큰 어른이시구나.'라고 생각했다.

05
초등학교를 설립하다

그 시절에는 초등학교를 보통학교라고 하여 면 소재지에 한 개씩 있었다. 이서면에는 이서 보통학교가 있었는데 아버지가 다니시다가, 유행가를 불렀다는 이유로 풍각보통학교로 전학하여 졸업하였고, 막내 고모, 용덕 아제(5촌)와 동네 그 나이대는 이서보통학교를 다녔다. 할아버지의 생각으로는 이서초등학교로 가는 길이 10리 길이 되는 데다 산을 두 개나 넘어야 하는데 악명 높은 늑대와 여우의 골짜기를 지나가야 한다.

또한, 6·25사변 이후라 유랑민이 많고 민심도 안정되어 있지 못해서 어린 자녀를 먼 길을 걸어 학교에 보낸다는 것이 불안했다.

이제 손자 손녀들이 자라면 집 가까이 학교가 있어야 한다는 생각이었다. 할아버지는 주변 칠엽리, 대전 1.2리, 가금 1·2리의 대표들을 모아 의논하여 뜻을 모으고, 교육장에게 민원하여 설립을 허가받았다.

허가만 받았지 필요한 경비는 자비로 해야 했다.

집마다 곡물을 할당하고, 목재와 기자재, 설립 주관은 할아버지가 하였다. 나무는 할아버지 산에서 가져오고 흙벽과 알매 등은 노력 봉사로 한다지만 대지와 일군들의 숙식 등 대부분 할아버지가 제공하였다. 각고의 노력 끝에 교실 두 개가 완성되었고 누나가 1회 형이 2회 내가 5회생이 되었다.

6개 학년이 있는데 교실이 두 개뿐이니 주로 우리 과수원의 창고에서 공부하였다.

선생님들도 모셔와서 모든 격식이 갖추어 졌다.

선생님들은 주로 청도군 내의 인근 동네 분들이어서 자택에서 출퇴근이 되었으나 집이 먼 김주환 선생님은 우리 집 사랑방에서 기거하였다. 학교 이름도 대전국민학교로 지었다.

종소리에 맞춰서 공부가 시작되고 마치게 된다.

일곱 살에 입학하여 종소리가 헷갈려서 수업을 빼먹고 벌쓴 적이 있다.

(1학년 사진)

친구 정수와 개천에서 못 막기 놀이를 하다가 땡땡땡 종소리가 세 번씩 났다. 정수가 수업 시작종이라고 했다.

나는 "아니야 마쳤다 마쳤다 하는 소리야 이제 수업이 끝난 거라고" 하면서 계속 놀다가 수업을 빼먹은 것이다.

또 기억나는 충격적인 일은 1학년 때 첫 시험, 즉 내 생의 첫 시험을 0점을 먹은 일이다.

문제는 개를 그려놓고 네모를 세 개를 했고 여자아이 옆에 네모 두 개, 남자아이 옆에 네모 두 개인데 도대체 무엇을 요구하는지 알 수가 없었다. 정답은 바둑이, 영희, 철수였다.

나는 개, 여자아이, 남자아이가 답인 줄 알았는데…

학교생활 6년 중 지금도 기억에 생생한 몇 개를 기술해 본다.

내가 1학년 형이 4학년으로 기억된다.

할아버지는 사과밭에서 전지한 나뭇가지 두 다발을 만들어 형과 나에게 하나씩 들게 하고 학교 교장 선생님을 찾아갔다.

"손자들이 머리는 좋은 것 같은데 당최 공부하지 않으니 선생님이 이 회초리로 때려서 공부를 시켜 주시오."

왠지 형은 울고 있었다.

그러나 나는 울지 않았다.

저 회초리로 나를 때릴 것 같지 않았기 때문이다.

지금 칠순 중반을 넘어 그때 학교 동기를 만나면 그 회초리에 맞은 이야기를 한다.

그 친구는 그 회초리를 어떻게 알까?

아마 전교생들이 그 회초리를 맞은 듯하다.

나만 빼고…

5학년이 되어 장난들이 심해졌다.

집이 먼 칠엽이나 가끔에 있는 친구들은 도시락을 싸 오고, 가까운 대전동 아이들은 집에 가서 점심을 먹고 왔는데, 그 도시락이 먹고 싶었다. 쉬는 시간에 여학생들이 밖에 나가 놀고 있을 때 도시락을 뒤져서 조금씩 몇 개를 먹었다. 수업이 시작되자 여학생들이 벌떼 같이 일어나서 남학생을 성토하며 일러 바쳤다.

범인은 나다.

선생님은 그 회초리로 나를 때렸으면 끝날 일을 나에게 할아버지를 모시고 오라고 했다.

"할아버지예, 선생님이 모시고 오라고 합니다"

"왜?"

"장난으로 여학생 도시락을 먹었는데요…"

이상하게 할아버지는 아무 말씀도 안 하시고 학교로 가서 교무실에 들어가셨다.

"내가 손자 교육하라고 학교에 보내놨더니 손자 잘못한 걸 늙은 나를 오라 가라 하느냐?"

할아버지의 위상과 성품을 아는지라 교장 이하 선생님들은 싹싹 빌고 사과했다.

지금 생각해도 내가 장난이 심했다고 기억된다.

할아버지의 교육 고삐는 집에서도 늦추지 않았다.

아침에 일어나면 요강 비우고 씻기, 이부자리 정리하고 마루와 방 청소하기, 세수하고 학교 가기, 방과 후 공부하고 일기 써서 할아버지 앞에서 일기 읽기, 이부자리 펴고 잠자리 들기 이것이 일과다.

거의 매일 詩를 하나씩 지어 할아버지 앞에 읽어야 했다.

지금도 생각나는 동시의 제목은 갈까마귀였다.

〈갈까마귀야! 갈까마귀야!
덕석 말아라! 덕석 말아라!

갈까마귀야! 갈까마귀야!
덕석 펴라! 덕석 펴라!

갈까마귀야! 갈까마귀야!
공격하라! 공격하라!
바람 소리 내며
우레같이 번개같이!

갈까마귀야! 갈까마귀야!
흩어져라! 흩어져라!
거미 새끼처럼! 게 새끼처럼!

갈까마귀가 낮에 배불리 (보리 순을) 먹고 나면 해 질 녘에 하늘에서 한 바탕 윤무(輪舞)를 하는데 마치 덕석(볏짚으로 만든 멍석)을 둘둘 말듯이, 또 펴듯이 한참을 누비다가 갑자기 바람 소리 내며 제각각 사방팔방으로 흩어지는데 마치 거미 새끼가 흩어지는 것 같고, 새끼 게가 돌 틈 사이로 도망치는 것 같아서 지은 시인데 제법 그럴듯했다.

그런데 군인이 되어 강태공의 육도삼략을 읽다 보니 갈까마귀의 이야기가 나오는 것을 발견했다.

강태공은 조운지세(鳥雲之勢), 조운지진(鳥雲之陳)으로 표현하며 집중과 분산을 강조할 때 쓰였다. 마치 갈까마귀가 모여들 때 사방팔방에서 모여들었다가, 번개가 귀 가릴 틈을 주지 않는 것과 같이 빠르게 집중하는 것을 '갈까마귀의 빠른 기동은 그 날개에 부딪히면 뼈도 부러뜨릴 기세이며 그와 같이 공격하고 또 분산해야 한다.'라고 비유하여 설명한다. 이 전술은 모택동의 게릴라 전투의 기본이 되기도 한다.

신출(神出:신과 같이 나타남)하였다가 귀몰(鬼沒:귀신같이 사라짐) 하는 게릴라 전술! 이 전술이 갈까마귀의 원무에서 나왔다니 놀라웠다.

'애들은 돈을 몰라야 한다.'

학용품이며 모든 것은 어른이 사다주면 쓰는 식이다 보니 갖고 싶은 것이 있어도 가질 수가 없었다.

가뜩이나 없는 자유에 더욱 구속되는 구실을 만든 사건, 3건이 벌어지고 말았다.

첫 번째 사건은 8세 초등학교 2학년 때다.

3세 위인 형은 5학년, 여름 방학 때이다.

형제는 할아버지 허락을 받아 토평에 사는 고모 집으로 놀러 가게 되었다. 고모 집에는 고종사촌 누나, 두 살 많은 화식 형, 만식이 동생이 있다.

방학 때면 주로 우리 집에 와서 며칠씩 놀다 가기 때문에 누구보다 정이 많이 든 친척이다.

가는 길은 늑대와 여우 골을 지나 산을 두 개 넘고 들길을 걸어 시오릿(6km)길이다. 고모 집은 가까이 청도천이 흘러서 고기 잡는 체험을 할 수 있어서 재미있었다.

특히 주먹만 한 고무공이 있었다.

공으로 던지기 놀이('삼천리강산에 새봄이 왔어요…'하는 노래에 맞추어 공을 다리 사이 혹은 어깨 위로 넘기는 놀이)에 시간 가는 줄 모르고 놀다가 거의 저녁이 되어 집으로 돌아오는 길에 올랐다. 날은 이미 저물어서 들길을 오는데 개구리가 유난히 울고 발에 밟혀 죽는 것을 느끼며, 늑대와 여우의 골짜기를 지나 집에 돌아왔을 때는 어두웠다.

내가 낮에 갖고 놀던 그 공이 탐이 나서 호주머니에 넣고 왔는데 호주머니가 불룩하니 금세 들통이 났다.

할아버지가 그 공을 내가 갖고 온 것을 알아차렸다.

할아버지는 나를 끌고 동네 밖으로 나가서 고모 집에 갖다 주고 오라는 것이었다.

할아버지의 호통과 질질 끌다 팽개쳐진 나는 할아버지의 위엄에 눌려 울고 있을 수만은 없었다.

이튿날 고모가 왔는데 고무공을 여섯 개를 사 와서 주었다.

왠지 마음이 토라져서 그 공을 모두 찢어 버렸다.

이 사건은 나의 살아온 길에 엄중한 가르침을 주었다.

군인의 길을 걸으면서 몇 번의 돈에 대한 유혹이 있었지만 모두 깨끗이 거절하고 가난한 길을 택한 것은 바로 이 사건이 남긴 뇌 속의 각인 때문이다. 또한 잘못한 부하에게 악의적이 아니고 실수라면 이해하고 용서하는 마음이 자리 잡고 있었다.

'안일한 불의의 길보다 험난한 정의의 길을 택하겠다.'라는 나의 삶의 지표로 자리 잡은 것은 바로 여덟 살 때 가혹하게 받은 교육 때문이다.

두 번째 사건은 3학년. 9살 때 수영을 배우다가 웅덩이에 빠진 사건이다. 관계사업이 잘되어 있지 않은 그때는 웅덩이를 파서 가뭄 때 두레박으로 물을 퍼서 농사를 지었는데, 찬물이 많이 나는 찬물 샘이 몇 군데 있었다.

사과밭 옆에 있는 샘에서 멱을 감는데 형과 오촌 효수 아제가 함께 있었는데 샘이 깊었다.

샘의 돌벽을 잡고 물장구를 치며 놀다가 손을 놓고 말았다.

꼴깍꼴깍 물을 좀 먹은 것 같다.

허우적대는 나를 효수 아제가 등을 밀어 샘의 벽에 손이 닿게 해주어서 살아났다.

이 사건도 할아버지한테 일러 바쳐져서 할아버지를 매우 격노케 했다. 지팡이로 땅을 치고 나를 끌고 같이 죽으러 가자고 했다.

그날의 기억은 그것으로 끝나지 않고 나의 뒤에 감시자가 따라붙게 되었다.

그 감시자는 주로 누나였다.

친구들과 조금 놀려고 하면 '할아버지 찾으신다.' 하며 데리고 갔다.

19세 육사 입교할 때까지 대문 밖에 나가서 놀아본 기억이 거의 없다. 단지 몇 명 집으로 불러서 집 마당에서 놀거나 같이 공부했다.

이러한 환경 때문에 친구도 제한되고 잘 어울려 놀거나 게임을 하는 성격이 없어지고 위축된 성격으로 자라게 되었다.

또한, 동화 속에나 나오는 상상력 -산골짜기로 계속 들어가면 새로운 세상이 있겠지. 또는 이웃 동네에는 어떤 사람들이 살고 있을까?- 라는 공상과 함께 우리 동네가 최고로 좋은 동네이고, 우리 집이 제일 부자이고, 예 씨들이 제일 양반이라는 자부심만 자랐다.

경북고등학교를 들어가 보니 공부 잘하는 학생이 엄청 많았고 부자들도 많았다.

육군사관학교에 입학하니 어릴 때 전교 1등 한 수재들만 있었다.

우리 동네 외에 청도에 많은 동네와 성씨들이 살고 있다는 것은 전역 후 재경 청도군 향우회 회장을 하면서 알게 되었다.

쉽게 말해서 우물 안 개구리로 자랐다.

지금도 해외여행보다 국내 여행을 좋아하고 시골 동네를 배회하는 것을 좋아하는 데는 나의 호기심 때문이다.

세 번째 사건은 내가 실종되는 사건이었다.

두 번째 사건으로 가뜩이나 불안해 있는 할아버지 앞에 저녁이 되어 어두워도 내가 나타나지 않는 것이다.

때는 벼를 타작하는 철이라 동네 청년들이 일을 돕기 위해 와 있고 탈곡기를 밟는 조와 나락 묶음(볏단)을 나르는 조, 탈곡 후 볏단을 뒤로

던지면 짚단을 쌓는 조가 나누어져서 시끌벅적한 한판이 벌어진다.

탈곡기가 우리 집에만 있어서 일을 거들고 나면 품을 앗은 사람들이 탈곡기를 빌려 가기 위해 일을 돕는 것이다.

모두 힘 한 번 쓰는 것이지만 기계도 빌려 가고 넉넉한 술대접도 받기 때문에 흥에 맞춰 소리도 지르고 가히 잔칫집 같은 분위기다.

그런데 이 집 둘째 손자가 보이지 않는 것이다.

타작이 끝나고 낟알을 쓸어 모으고 풍구로 티를 고르는 마무리 작업에도 보이지 않았다.

집은 발칵 뒤집혔다.

모두 일을 멈추고 찾아 나섰다.

일부는 물에 빠졌나 못으로 가고 웅덩이로도 가고…

시간이 흐를수록 할아버지의 조급증은 더해져서 온 동네가 난리가 났다.

그러면 나는 어디에 있었던 것인가?

사람들이 신나게 일을 할 때 볏짚 가래는 점점 높아져서 담보다 높아지고 감나무 높이까지 올라가자 나는 그 꼭대기에 올라가서 연설하고 있었다.

"여러분! 동민 여러분! 반재현 씨를 국회로 보냅시다."

목청껏 연설하지만 기계 소리 사람 소리에 묻혀 들리지 않았다. 그러다가 짚 사이에서 잠이 들었다.

몸이 어슬어슬 추워지자 부스스 일어나서 내려왔더니 온 동네가 난리가 나 있었다.

이번에는 할아버지도 크게 꾸짖지는 않았다.

위험한 짓을 하지 않았고 또 연설하다가 잠들었기 때문이다.

할아버지는 글짓기, 연설, 수학 등의 과목만 공부로 아시는지라, 나는 매일 큰 소리로 읽고 시 쓰고 웅변하고 때로는 할아버지가 내는 수학 문제를 풀었고 가끔은 할아버지가 이야기(지금 알고 보니 史記, 조선/중국 선비들의 어릴 적 이야기, 삼국지, 수호지, 손오공 등이었다)를 들려주셨다.

기억 속의 할아버지가 들려주신 이야기 두세 개를 피력하면 아래와 같다:

1. 방울과 송곳(칼)을 지니고 다닌 남명 선생 조식의 어릴 때 이야기이다.

남명 선생이 어릴 때 쾌활해서 공부보다는 친구들과 놀기를 좋아한 것 같다.

그의 할아버지가 추운 겨울날 저녁 손자의 옷을 홀랑 벗기고 물을 끼얹어 밖으로 내쫓았다.

어린 나이에 몸이 꽁꽁 얼었는데 엄마 아버지가 빌고 빌어 구했는데 그때부터 몸에 방울을 차고, 송곳을 품고 있다가 방울 소리가 나면 행동을 경계하고, 밤에 공부하다가 잠이 오면 송곳으로 허벅지를 찔러 잠에서 깨고 공부하였다는 이야기이다.

남명선생은 조선 명종 때 문정왕후의 섭정이 지나치자 칼날 같은 상소문을 올린 것으로 유명하다.

영남의 이황 이퇴계와 비견되는 대학자이다.

2. 허목 선생의 이야기이다.

허목은 남인의 거수다. 노론의 송시열과 사돈지간이면서 많은 일화를 남긴 인물이다.

할아버지는 허목은 100번을 읽어야 한 문장을 터득했고 회갑을 지나서야 등과하여 벼슬길에 올랐다면서 면학과 만학의 대표 인물로 꼽으며 꾸준한 학습과 끈기 있는 공부를 강조하셨다.

허목 선생의 〈동해부〉 탁본이 집에 있다.

3. 조조의 어릴 때 이야기이다.

조조가 어릴 때 장난이 심하여 그의 삼촌이 조조 아버지에게 일러바치기를 '조조가 못된 짓만 골라 하니 형님이 야단을 좀 쳐야겠습니다.'라고 하였다.

하루는 조조 아버지가 매를 들고 때리러 쫓아가니 조조가 도망치다가 막다른 골목에 다다르자 갑자기 돌아서서 막대기로 길에 선을 긋고 그 선을 가리키며 '이 선을 넘는 놈은 내 아들놈이다'라고 외치자 그의 아버지가 하도 우스워서 그냥 웃고 말았다는 이야기와 하루는 조조가 놀고 있는데 그의 삼촌이 오자 감을 입에 넣어 개거품을 내고 눈을 까뒤집으며 땅에 쓰러져 팔다리를 부들부들 떨자 그의 삼촌이 놀라서 조조 아버지한테 달려가서 '형님 조조가 간질병(지랄병)에 걸렸습니다.'라고 일러바치니 조조 아버지가 깜짝 놀라서 달려가 보니 조조가 잘 놀고 있는지라 '조조야 너 삼촌이 네가 간질병에 걸렸다던데 괜찮아?'라고 하자 조조 왈 '삼촌은 내가 미워서 매번 아버지한테 없는 일을 일러바치는데, 아

버지는 그 말을 믿어요?'라고 했다. 이런 일이 있었던 후부터 조조 아버
지는 동생 말을 믿지 않았다는 이야기다.

할아버지는 조조의 천재적인 기억력과 허목의 면학을 비교하기도
하였는데 조조는 일람첩기(一覽輒記:한 번 들으면 모두 기억함)의 재주가 있지
만, 허목은 100번을 읽어야 한 문장을 터득하는 성실성을 비교하며 허
목에게 더 많은 점수를 주셨다.

이외에도 수많은 위인의 이야기를 들으면서 자랐다.
이러한 일은 집의 사랑채, 사과밭, 재실(람휘당)에서 있었다.
이러한 위인전은 나의 사고의 폭을 넓히고 상상력을 키우는 데에 많
은 영향을 주었지만, 위에서 기술한 세 가지 사건으로 인해 나의 뼛속
에 새겨지는 교훈을 남기기도 했다.

육사에서는 사관생도 신조 세 가지를 아침 기상할 때와 저녁 취침할
때에 반드시 외우는데 그것은 이러하다.
〈하나, 생도는 국가와 민족을 위하여 몸과 마음을 바친다.
둘, 생도는 안일한 불의의 길보다 험난한 정의의 길을 택한다.
셋, 생도는 진실만을 말한다〉이다.
나는 군 생활 34년과 그 이후 지금까지 이 맹세를 지켰고 어겨본 적
이 거의 없다.
군대에서의 상하 간 예의는 매우 엄중하다.
나는 예의 면에서 벗어나지 않았기 때문에 위 선배들로부터 많은 사

랑을 받았다.

군대에서 경험한 보직 중에 전속 부관, 보좌관, 행정실장, 비서실장, 특별보좌관 등 심복으로 사랑받는 직책에 근무한 것이 어느 사람보다도 많은데 이는 내 몸에서 할아버지로부터 갈고 닦은 예의와 순종, 겸양 지심이 느껴졌기 때문으로 생각된다.

'나를 위해 무엇을 탐하지 않고, 빌지 말고, 부러워하지 마라, 나의 장래는 어느 것이 더 좋은 밑거름이 될지 알 수 없다.'

나는 할아버지가 지으신 학교에서 6년간을 공부하고 이서중학교로 진학하였다.

초등학교 시절 4학년 때부터 전교 대대장이 되어 학생들을 지휘했고, 4학년 때부터 졸업식에서 후배 대표로 송사(送辭), 6학년 졸업식 때는 졸업생 대표로 답사(答辭)를 읽었고, 특히 팔씨름과 깨암쫏기(깽깽이와 유사함, 두 손과 한 발을 이용해서 상대방을 쓰러뜨림)를 잘했다.

1:15로 해서 내가 이길 정도로 다리 힘과 팔 힘이 좋았다.

공부며 운동이며 행실이며 모든 면에서 최상위급이었으니 초등학교와 중학교는 나의 판이라고 해도 과언이 아니었다.

대전초등학교의 열악한 환경은 내가 6학년이 되어서야 비로소 교실다운 교실이 지어졌다.

그 후 학교가 제 모습을 갖추고 오전반 오후반 수업을 할 정도로 발전하더니 어느 때부터인가 전교생이 4명으로 줄어들더니 결국 폐교되고 말았다. 나는 동네 앞에 자리 잡은 학교를 버려둘 수가 없어서 예 씨

종친회 유력자(예용해, 예춘호)를 설득하여 예 씨 문중에서 사들였다.

그리고 졸업자는 모두 이서초등학교로 옮겨서 동창생 관리를 하고 있다.

〈사진: 초등학교 〉

06
정미소를 창업하다

그 시대에 부자가 되는 업종은 술도가, 과수원, 정미소였는데, 할아버지는 이미 술도가와 과수원을 가졌고 그 외에 한약방, 많은 전답까지 가졌으니, 외양으로 보면 큰 부자의 모습을 다 갖추었다.

그러나 그 내면을 들여다보면 모두 수익보다는 본인의 위상을 갖추는 일이었고, 애초부터 돈을 벌겠다는 생각은 염두에 없었다.

생각이 그러하니 사업을 접기도 쉽고 편했다.

술도가를 접고 집으로 돌아와서 동생 종화 공과 약방을 챙기면서 유유자적했는데….

동생 종화 공에게는 아들이 많았다.

아들 일곱에 딸 셋.

위로 딸 하나, 아들 하나는, 전처소생으로 출가를 했지만, 후처에서 그 아래로 아들 여섯, 딸 둘, 합 여덟은 아직 어리다.

무엇인가 일자리를 만들어야 했다.

생각 끝에 정미소를 차렸다.

정미소는 후처 아들 중 둘째 봉덕 아제가 중심이 되어 운영하였다.

그 외는 모두 학교에 다녔다.

방앗간 일도 혼자서 하기에는 벅차다.

도우미로 기술자 한 사람을 두었는데, 지금 이 글을 쓰면서 돌이켜 보니 생각이 좀 모자라는 사람이었던 것 같다.

지금도 생각나는 일이, 그 아저씨가 신혼이었고 아기가 하나 있었는데 때는 한여름이라 파리가 아기의 코와 입 부근에 많이 달려드니 파리를 쫓는다고 아기 얼굴에 파라티온이란 극약을 뿌렸다.

파리는 잡았지만, 아기도 잃었다.

이러한 충격적인 사건이 어릴 때 소문으로 들었는데 아직도 내 기억에 생생한 것은 이 아저씨가 우리 집이 완전히 기울어지는 실마리를 제공했기 때문이다.

그해 겨울, 몹시 추운 날이었다.

방앗간의 원동력은 큰 바퀴가 두 개 있어서 이 바퀴의 원심력에 의해 발화가 되는 디젤 발동기인데 추운 날은 시동이 잘 걸리지 않아서 통상 솜망치에 불을 붙여 원동기를 가열한 후 바퀴를 돌리면 시동이 걸리곤 한다.

조심성 없는 이 아저씨가 불붙은 솜망치를 잘못 다루어 불을 낸 것이다. 동네 사람들이 모두 달려가서 불을 끄려고 했으나 방앗간은 기름을 쓰는 곳이라 검은 연기와 함께 순식간에 전소하고 말았다.

건진 것은 아무것도 없었다.

할아버지는 동네 회의를 소집하고 방앗간을 재건하겠다고 했다.

동네 회의가 왜 필요했을까?

지금도 의문이지만, 동네 사람들은 싫다고 했다.

추측건대 정부에서 동네마다 지원금이 내려왔는데 동네에서 방앗간을 하겠다고 한 것 같다.

내가 할아버지를 모시고 갔는데 힘든 노구를 끌고 간신히 가셨건만 회의 분위기는 옛날 할아버지에게 대하던 태도가 아니었다.

무슨 투표를 하자느니 민주주의 방식 운운했는데 지금도 이해가 가지 않는다.

할아버지가 동네를 살리다시피 해 왔는데 연세가 많아서 기력이 쇠잔해지시니 민심이 달라진다는 생각이 어린 나이에도 느껴졌다.

아이디어 좋으신 아버지의 '동네 사람이 반대한다면 외지에 나가서 해보자'라는 생각과 할아버지의 '어린 조카들을 어이할 것인가? 동생이 죽으면서 부탁을 했는데'라는 생각이 맞아떨어져서 금천 동창강 물을 이용하여 수력발전소를 계획하기에 이르렀다.

07
수력 발전소를 건설하다

아버지는 보통학교가 배움의 전부였지만 기계와 도학(기하학)에 대해서는 천재적인 소질이 있는 분이었다. 그 시대에 나온 기계의 원리는 모두 이해하고 정비도 할 뿐만 아니라 소소한 부품은 만들기도 하였다. 발전의 원리에 대해서 누구보다 자신이 있었기에 뭔가 보여주고 싶은 영웅 심리도 작동한 것 같았다.

이러한 자신감 뒤에 모르고 있는 몇 가지가 있었으니;
  ① 소요 예산의 규모와 그 자금을 어떻게 마련할 것인지에 대한 생각이 없었다.
  ② 인허가와 세금 관계 등 행정 사항에 대해서 전혀 몰랐다.
  ③ 수입이 얼마나 될 것인지 계산이 없었고, 어떻게 수금을 할 것인지에 대해서도 그저 낭만적으로만 생각했다.

④ 기계에 대해서도 원리에 대해서만 알았지 전문적인 지식(수량과 낙차, 그에 따른 발전량 등)이 없었다.

⑤ 조력자가 없었다. 기껏해야 아버지의 4촌 동생 셋을 데리고 일을 하는데 기술에 대해서는 전혀 아는 바가 없고 심부름만 할 정도이었으니 아버지 혼자 과도한 일을 해야 했다.

그저 모든 일은 잘될 것이라는 막연한 기대감과 돈을 모르고 살아왔으니 돈 들어가는 일은 남의 일 같이 생각하고 시작한 것 같다.

내가 중학교 2학년 때이다.

할아버지는 작은 할아버지가 돌아가신 후 건강이 급격히 악화하셨고, 엄마는 할아버지 수발도 어려운데 모든 농사일을 떠맡게 되었다.

특히 사과 농사는 그냥 팽개쳐진 상태로 관리를 안 하니, 금세 나무가 망가지고 수확이 하나도 없었다.

사과는 탁구공만 한 것이 수없이 열렸고 나뭇가지는 모두 찢어졌다.

어느 날 선생님이 말씀하셨다.

"농사 많겠다, 사과밭 있겠다, 편안하게 농사나 짓지, 뭐하러 고생을 만들어서 하시느냐?"

그 말씀이 백번 지당했다.

가족들도 사기가 죽고 나도 공부가 힘들어졌다.

학비를 요구하는 것도 눈치가 보였고 연필도 대나무에 끼워서 1cm 될 때까지 사용했다.

노트도 한두 권에 모든 학과를 기록하게 됐다.

중학교는 거의 장학금으로 해결되었다.

경북고등학교에 입학했고 형편은 더욱 어려워졌다.

나 스스로 위축되고 우울해졌다.

어쩌다 자취방에 아버지가 오시면 밤새 담배만 피우시고 내가 지어 드리는 밥을 잡숫고 가신다. 용돈 한 푼 안 주시고 쓸쓸히 가시는 아버지를 보면 정말 힘이 빠졌다.

고등학교 3년 이렇게 힘들고 사기 떨어지는 시간을 보냈다.

그 흔한 학원에 한 번도 가본 적이 없다.

어머니와 동생들은 논밭에서 힘들게 일하고 하루 두 끼와 칼국수로 때우고 있었다.

그 많은 논밭은 제대로 값도 받지 못하고 사정없이 팔려나갔다.

빨리 사업을 접고 돌아오는 길만이 최선이라는 결론이 났다.

사촌 동생들을 돕기 위해 시작한 일이 도움도 주지 못하고 주저앉게 되었다.

아버지는 집에 돌아오셨으나 형편은 어려워져 있었고, 사촌 동생들은 각자 살길을 찾아 흩어졌다. 그중에서 봉덕 아제는 뛰어난 능력을 나타내었다. 아제는 울산 공업단지에 취직하여 전기분야에서 일하게 되었다.

워낙 건강하고 명석하고 정직하고 순종하는 성품이라 회사에서 이를 높게 평가받아 고공승진을 하게 되었고, 한창 중동 붐을 타고 중동

현장에서 고위 간부로 일하면서 알뜰하게 돈을 모았다. 귀국해서는 아래 동생들의 일할 자리를 모두 마련해 주었고, 조카(형과 나)까지 챙기는 넉넉한 덕성과 인품을 갖춘 훌륭한 인물로 다듬어져 있었다.

4장

止堂公 최후의 업적

01
족보를 정리·편찬하다

어느 해 겨울 집안에 어른들은 없었고 정순 누나(9세쯤 많은 6.25 전쟁 때 데려온 누나), 형 그리고 나 셋이서 술래잡기를 하며 놀고 있었다.

정순 누나는 사랑채 소죽 솥에 불을 때다가 대충 정리하고 놀이에 참여했는데 땔감이 사과나무낙엽이었던지라 불이 잎을 타고 슬금슬금 타고 나와 땔감 더미에 불이 붙고 그 불 기세가 지붕 끝자락을 타고 올라붙었다.

재공지기가 큰소리로 동네에 알렸다.

"동민 여러분 수성 어른 사랑채에 불이 났으니 물그릇 들고 불 끄로 나오소~~"

수성 어른 집. 큰집에 불이 났으니 온 동네 사람이 그릇을 들고 모여들었다.

장정들은 덕석(멍석)을 지붕 위에 올려 불이 번지지 못하게 덮고 우물에서 일렬로 줄을 서서 물 전달을 하여 불길을 잡았다.

물속에 있던 물고기가 지붕 위에서 펄떡거리는 모습을 보았다.

이런 와중에 할아버지가 사랑방안에 들어가서 오동나무로 만든 작은 함을 들고 나왔다.

모두 무슨 보물일까 궁금하게 생각하며 "불길이 잡혔으니 괜찮습니다."하고 위로를 했다. 나는 겁도 나고 공연히 걱정되어 화수 아줌마 등에 업혀 울고 있었다. (앞집에 사는 아줌마. 아마 내가 매우 어렸던 듯) 모두 할아버지가 들고나온 함에 호기심이 집중되었다.

그것은 족보였다.

족보는 몇 년에 한 번씩 수정 재발간하는데, 인쇄술이 좋지 않은 그때는 글자 한 자 한 자를 꿰맞추어서 윤전기에 돌리는데, 초안을 잡을 능력이 있는 사람이 별로 없고 이런 일을 할 수 있는 재력을 갖춘 자도 거의 없었다.

할아버지는 오사재 재실에 윤전기를 설치하고 자판을 조립하는 기술자를 고용하여 족보를 재발간하는 일을 주관하였다.

사랑방에는 전국 각지에서 자기들 족보 변경사항을 들고 모여들었고 이것을 정리하는 사람, 인쇄하는 인력 등 또 한 차례 손님들로 인해 엄마와 누나는 고생해야 했다.

최근에 인쇄된 족보를 보다가 할아버지가 초잡은 서류 뭉치를 보니 그때 일한 분들이 얼마나 수고를 하였는지 알 수 있었다.

〈사진: 족보 초안〉

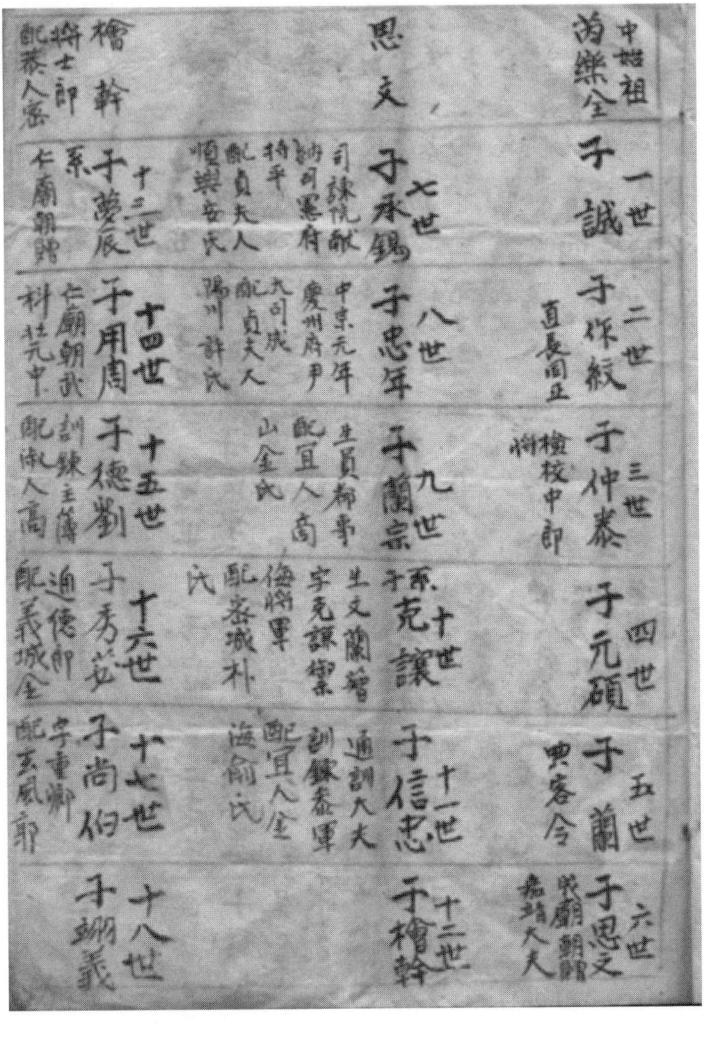

02
람휘당 재실을 짓다

할아버지의 연세가 60의 중반을 넘어서면서 오랫동안 생각해 온 큰 사업을 시작하셨다. 명성이 알려지면 손님이 몰려들게 마련인데 그 손님이 묵을 숙소가 마땅치 않았다.

오사정이 있었으나 폐실이 되었고⋯

경상북도 북부 즉 안동, 영주지역에는 소백산맥을 등지고 있어서 좋은 나무가 많다 보니 집들의 규모가 크고 미음 자(ㅁ) 형의 주택에 대문과 중문이 따로 있어서 내외간 출입의 구분이 되고 사랑채가 넓어서 손님이 기거할 공간이 있지만, 우리 고향 청도는 산이 헐벗고 그만한 나무가 없어서 손님을 머물게 할 공간이 부족했다.

그래서 동네 재실이 생기고, 재실은 명성 있는 어른을 기리는 공간으로 또 양반 동네라는 표현도 되었다. 즉, 경상도 북부는 사랑방 문화지만 남부는 재실 문화이다.

재실을 짓겠다고 결심하고 나니 모두 우리 집의 부담으로 되었다.

목재도 우리 산에서 베어와야 했고, 작업도 우리 집 마당에서 이루어졌다. 대목장이 사랑채에 기거하면서 고래 등같이 둥글게 휜 커다란 톱으로 나무를 켜서 송판(판재)을 만드는 일부터 시작해서 집안은 온통 작업장으로 변했다.

역시 고생하는 사람은 엄마와 누나 그리고 여동생이었다.

〈사진: 람휘당 전경〉

추수가 끝난 늦가을부터 시작하여 모두 휴식을 취할 11, 12, 1, 2월에 큰 공사는 끝나고 할아버지가 생각해 온 조경작업에 들어갔다.

선비들의 공간에는 오동나무와 대나무 숲이 필수적이다.

'봉황은 오동나무가 아니면 앉지를 않고 대나무 열매가 아니면 먹지를 않고 예천이 아니면 마시지도 않는다.

　　* 장자 왈: 비오동 지지, 非梧桐之止요, 비연실 불식, 非練實不食이요, 비예천 불음, 非醴泉不飮이라

특히 우리 사랑채 앞에 있는 회양목 두 그루를 재실 좌우에 옮겨 심었는데 몇 년 후에 가보니 잘라지고 없었다. 회양목은 키가 30~40cm를 넘지 않아서 주로 경계용으로 쓰이는 조경목인데, 그때 그 나무는 집 지붕 위로 자란 수백 년이 된 나무였다.

아직까지 한 번도 그렇게 높이 자란 회양목은 보지 못했다.

바로 청마루 앞에 있어서 사람들이 분주히 오가도 새가 와서 집을 짓고 새끼를 치던 나무였는데 두 나무 모두 잘라 없앤 것이다.

하도 기가 막혀서 따져 물어봤더니 동네 장정 몇 명이 개를 잡아먹으려고 목줄을 매달자 가지가 찢어져서 베어버렸다는 것이다.

너무나 황당하고 기가 막혔다.

손님의 거처로 지어진 재실에서 개를 잡는다는 것도 그렇고 개를 이렇게 귀한 나무에다 매달았다니 말문이 막혔다.

아무런 죄의식도 없이 흘러가는 이야기로 말하니 더욱 놀라웠다.

이런 현상은 무엇인가?

기증하여 심은 할아버지의 뜻을 알아주지는 못할망정 오히려 그 뜻

을 훼손하다니…

생각의 차이로구나…

문화의 차이로구나… 탄식만 했다.

하여튼 나 개인으로도 추억이 많은 재실이다.

할아버지는 나를 데리고 재실에 가서 청마루 소재를 하고, 마당에 풀을 뽑고 대청마루에서 연설도 하고 작문도 시키시던 곳이다.

기억에 남는 두어 가지는 이러하다.

때는 벚꽃이 만발하는 봄이었다.

할아버지는 자연스럽게 모인 학생 5명에게 벚꽃에 대해서 글짓기를 시키셨는데, 그중에 예상고 아저씨가 글을 매우 잘 써서 지금도 기억에 남는다.

대략 이런 내용이다.

'벚꽃은 일본 국화인데 일시에 피었다가 일시에 지는 것이 일본의 국민성을 나타내는 것 같다.

반면에 우리나라 꽃 무궁화는 늦봄부터 가을까지 끈기 있게 핀다.'

아마 고등학생 글이니까 초등학생인 나의 눈에는 놀랍게 비쳤는지도 모른다.

한번은 할아버지 주변에 조카, 손자뻘인 소학교 중학교 학생들이 대여섯 모여 있으니 기분이 좋으셔서 문제를 내었다.

'마당에 개와 닭이 있는데 머리를 세어보니 8마리이고 다리를 세어

보니 22개인데 닭과 개가 각각 몇 마리씩인고?'

단연 내가 가장 빠르게 맞췄다.

연립 방정식이다.

답은 개 3마리, 닭 5마리이다.

할아버지가 어떻게 이런 수학을 할 줄 아실까?

매우 궁금했는데 할아버지가 보시던 수학책(한문)을 발견했다.

현대 수학과는 매우 다르지만, 중국에도 상당한 수학 학문이 있었던 것 같았다.

〈사진: 신간상명등법(新刊詳明等法)〉

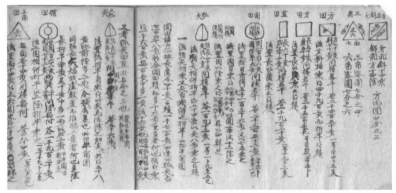

이 재실에서 1년에 한두 번씩 집안 단합대회도 있었다.

주로 모내기가 끝나고 한숨 돌릴 때 영양 보충도 하고 장리계산(어려운 때이므로 종중 쌀을 빌려다 먹고 가을에 약간의 이자를 부쳐 갚는 의식)과 장부 정리도 하고, 모두 모여 떠들고 웃고 하는 친목 잔치이다.

솥에는 빨간 국(통상 염소를 한 마리 잡음)이 끓고 있고, 막걸리 주전자는 바쁘게 돌아가며, 서로 위로하고 격려하는 하루다.

요즘은 노래방이 설치되어 밤이면 동네 아주머니들의 스트레스 해소 장으로 쓰이기도 한다.

03
할아버지의 별세

할아버지 건강은 작은할아버지의 별세 후 급격히 나빠졌다.

내가 초등학교 4학년 때 작은할아버지가 돌아가시고, 그 다음해 봄 과수원에 모시고 갔는데 산비둘기가 꾹꾹 슬프게 울고 있었다.

아마도 봄이니까 서로 짝을 찾는 소리인데 그 소리가 슬프게 들렸다. 할아버지는 "저 새가 뭐라고 우는지 아느냐?" 물으셨다.

"모르겠는데요"

"자식 죽고 계집(마누라) 죽고 내 호분자(혼자) 우예(어떻게) 살꼬, 우는 소리다" 할아버지는 마음이 많이 약해지셨다.

할아버지를 모시고 동네를 한 바퀴 산책했다.

동네 서쪽 길가에 낮실 어른의 집 울타리가 측백나무였다.

측백은 사철 푸른 나무인데, 복주머니같이 생긴 열매가 여는데 열매를 반으로 쪼개면 까만 씨가 나온다.

할아버지는 말씀하셨다.

"내가 죽으면 내 무덤 둘레에 측백나무를 심어다오."

나중에 알게 된 일이지만 공자님이 제일 좋아했던 나무였다.

여름이면 마루에서 잤는데 어느 날 폭우가 쏟아졌다.

방은 쇠죽을 끓이기 때문에 항상 뜨끈했다.

낮에 이불을 방에다 펴서 따끈하게 한 다음 밤에는 마루에 펴서 자곤 했는데 그날은 비가 몹시 와서 방에서 자기로 했다.

문득 잠에서 깨어보니 할아버지가 안 계셨다.

할아버지는 마루에서 울고 계셨다.

소리 내 울고 계셨다.

천둥·번개와 장대같이 쏟아지는 빗소리에 우시는 할아버지의 목소리는 묻혀버렸지만 서럽게 서럽게 우셨다.

무슨 회한이 있었던 것일까?

영별의 문턱에 서서 열심히 살아오신 길에 대한 허무함과 닥쳐올 인생의 일을 예감하시고 그렇게도 서럽게 우셨다.

그렇게 강하시던 할아버지가 왜 우실까…?

그땐 어려서 깊이 생각을 못 했지만, 할아버지의 살아오신 길도 행복만은 아니었다.

50대에 할머니가 돌아가셨고, 유동 고성 이씨 가문으로 시집보낸 맏딸은 시집간 지 얼마 되지 않아 돌아가셨다. 둘째 딸은 매전에 김해 김씨 가문으로 출가했는데 젊은 나이에 사위가 사고로 돌아가셨다.

셋째 딸은 토평 밀양 박씨 가문에 출가했는데 삼 남매를 두고 사위가 돌아가셨다.

넷째 아들은 어려서 잃었고 다섯째 딸은 상당 고성 이씨 집안으로 시집갔는데 아이들이 어릴 때 돌아가셨다.

여섯째 아들은 건강하지만 6·25전쟁 때 애를 태웠다.

일곱째 막내딸은 신혼 때 사위가 군에 가서 돌아가셨다.

본인 앞에 부인과 자식들을 앞세웠으니 아무리 학문을 닦은 군자라 해도 비감한 마음이 없었겠는가?

할아버지의 건강은 급속도로 나빠지셨다.

다리에 쥐가 자주 나고 식사를 못 하셨다.

피골이 상접하고 얼굴은 검붉었다.

할아버지는 손수레에 요를 깔고 이불을 덮고 외출하셨다.

"구라대로 가자."

"구라대 반창환, 반성환 형제 집으로 가자"

구라대 반창환 어른과 반성환 어른은 형제이면서 당대 청도 최고의 학자였다.

무슨 말씀을 나누었는지는 몰라도 몸을 가누지 못하면서도 마지막으로 보고 싶었던 지기(知己)이었을 것이다.

이것이 할아버지의 마지막 외출이었다.

내가 고등학교 다닐 때는 대구에 있었기 때문에 할아버지를 가까이 모시지는 못했지만, 가끔 일요일과 방학 때 뵐 수 있었다.

기동이 불편함은 물론이고 대소변을 받아야 했지만, 정신은 맑으셨다.

3학년 여름 방학이 되어 집으로 오자 할아버지는 나를 앉혀놓고 말씀하셨다.

"아비가 사업을 하다가 살림을 다 털어먹었다.

너를 일반대학에 보낼 여력이 없다.

그러니 육사를 가도록 해라."

육사는 시험을 10월에 치르기 때문에 시간도 없고 준비가 되어 있지 않은 나로서는 생각할 수 없는 일이었다.

"싫습니다."

나는 초당 방에 들어가서 문을 걸어 잠갔다.

2일이 지나고 아버지와 엄마가 문밖에서 나를 설득했다.

"이러다가 할아버지 돌아가시겠다. 네가 양보해라"

나는 어쩔 수가 없었다.

사실 집의 도움이 없이 대학을 갈 준비도 그러한 단련도 되어 있지 않았다.

이런 상황을 잘 알고 있었지만, 한창 공부하고 출가시키고 할 시기에 사업을 벌인 아버지에 대한 반항이었다.

물론 사촌의 살길을 찾아주기 위해 시작하셨지만, 분에 넘치는 일을 기술하나만 믿고 시작해놓고, 후회하고 뼈저리게 반성해 보지만 이미 그 화는 우리 집에 밀어닥치고 있었다.

미리 계산하라. 생각하고 또 생각해라. 많이 계산하면 성공하고 적게 생각하면 실패한다.

먼저 (준비에서) 성공해 놓고 일을 시작하면 반드시 성공하지만, 먼저 일을

시작해놓고 성공하려 하면 반드시 실패한다

이런 교훈 하나만 얻고 그 많은 전답은 남의 소유가 되었다.

多算勝하고, 少算不勝이라, 先勝 而 後救戰이면 必勝이요 先戰 而 後救勝하면 必敗니라

나는 할아버지에게 육사에 가겠다고 말씀드렸다.

할아버지는 우셨다.

어릴 때, '네가 대학 들어가는 것만 보고 죽으면 여한이 없겠다'라고 말씀하셨는데 그 대학이 나의 능력이나 취미 분야를 생각할 시간도 없이 육사 아니면 안 되는 외길을 명령하신 것이다.

그럴 수밖에 없는 할아버지의 마음이 얼마나 아팠을까.

시험을 치면 합격해야지 시간은 두 달밖에 남지 않았다.

나는 대구에 돌아와서 이때까지 공부한 내용을 정리하는 자세로 들어갔다.

드디어 1964년 10월 시험을 쳤고 합격했다.

할아버지는 나의 필기시험 합격 소식을 듣고 돌아가셨다.

육사는 필기시험 합격자 발표 1개월 후에 체력검정과 신체검사, 면접을 통해 1차 합격자의 2분의 1을 잘라내고 2분의 1만 합격시키는데 체력검정이 만만치 않았다.

100m 달리기, 수류탄 던지기, 턱걸이, 멀리뛰기, 2000m 달리기에

서 국가 평가 2급 이상을 받아야 하는데 한 종목만 미달 돼도 불합격 처리됐다.

나는 2000m 달리기가 무척 힘들었지만, 상의를 완전히 벗고 '할아버지가 지켜주시겠지'라는 믿음으로 뛰었다.

평가 시험관이 차동열 교수였는데 추운 날씨임에도 상의 탈의를 한 결의의 모습과 쩌렁쩌렁한 목소리를 칭찬해 주었다.

면접 시에도 시험번호 복창과 질문에 대해 맑고 우렁찬 목소리로 대답하자 나 스스로 '합격하겠구나.'라는 생각이 들 정도로 시험관의 반응이 좋았다.

사관학교는 군 지도자를 양성하는 기관이니만큼 나의 주관을 확실하게 전달하는 것이 중요하다.

이점에서는 나는 할아버지로부터 단련된 수험생이었다.

짧은 시간에 준비하여 어려운 육사에 합격한 감격은 이루 말할 수 없었고 할아버지 영전에 고해바쳤다.

할아버지는 돌아가시기 전에 "'지당의 손자가 저 모양이다'라는 말을 듣지 않도록 해라."라고 하셨다. 할아버지는 사랑채 화단에 작은 움집을 짓고 가매장 되었으며 100일장(葬)으로 치러졌다.

04
지당공의 장례식

1965년 1월 23일(음력 1964년 12월 21일) 한밭(大田 혹은 鳳田) 들판에는 흰 두루마기를 입은 5000여 명의 문상객이 운집했다. 상주의 호곡 소리에 따라 상여는 미끄러지듯 준비된 비석골 장지로 움직였다.

장례는 귀천 후 정확하게 100일이 지난 1964년 음력 9월 11일이다.

귀천 후 100일 만에 장례를 치르는 유림장(儒林葬)이다.

어찌하여 수성 어른은 유림장을 하게 되었는가?

조그마한 시골에 이토록 많은 문상객이 조문하고 또 가시는 분을 위해 눈물을 흘리는가?

조문객 중에는 염주를 만지며 염불을 하는 스님도 있었고, 하나님께 기도하는 기독교 신도도 있었다.

이들은 누구인가?

'수성 어른 오신다.'하면 울던 아이도 울음을 그칠 정도로 엄하고 무서운 분의 장례식에 유림이 아닌 스님과 기독교인은 웬 말인가?

40~50명의 '만고강산'(거지)도 있었다. 이들은 어떻게 알았는지 며칠 전부터 동구 밖에서 진을 치고 있었다.

동네에서 오리쯤 떨어진 곳에 청도천이 흐르는데 그 강변에 움집을 짓고 사는 거지가 있었다.

이는 이틀이 멀다 않고 찾아와 대문 앞에서부터 코가 땅에 닿도록 절을 하며 '만고강산'(萬古江山)을 외치는데 행동이 밉지가 않을 뿐만 아니라, 말을 시키면 이것저것 세상 물정과 사람 도리를 제법 알기로 거지로서가 아니라 손님으로 대접하며 기인(奇人) 대우를 해 왔었다.

시간이 흐르면서 '만고강산'은 모든 거지를 칭하는 대명사가 되었었는데, 이러한 소문이 거지들 사이에 입소문이 나면서 '만고강산'은 잔치, 제사 때는 물론이고 집안 간의 친목 행사에도 빠지지 않는 손님이 되었다.

수성 어른과 수성 댁, 며느리 수야 댁은 배고픈 이 사람들을 긍휼히 여기는 심성으로 성심껏 대했기 때문이다.

상여가 동네를 빠져나가지만, 고인의 유지에 따라 상엿소리는 없었다. 하늘도 이날의 슬픔을 아는지 어두워지더니 금세 눈이 펑펑 내리고 만장은 하늘 가득히 펄럭이었다.

만장 두어 개를 기술하고 나머지는 부록 뒤에 첨부한다.

〈만사 1〉

康 於 勤 儉 壽 於 仁,　三 太 平 間 第 一 人
강 어 근 검 수 어 인,　삼 태 평 간 제 일 인

德 洽 諸 宗 話 且 睦,　業 傳 四 胤 孝 猶 純.
덕 흡 제 종 화 차 목,　업 전 사 윤 효 유 순

晩 年 杖 屨 閒 處 士,　別 圃 桑 麻 做 逸 民
만 년 장 구 한 처 사,　별 포 상 마 주 일 민

家 道 齊 修 兼 五 福,　公 靈 無 憾 九 泉 晨
가 도 제 수 겸 오 복,　공 령 무 감 구 천 신

族弟 東奎 謹再拜哭輓

근검하여 평안하였고, 어진 생활로 장수하셨으니, 삼세 태평한 세상에서 제일이었네.

덕망이 흡족하여 여러 문중과 화평 돈목하였고, 아드님에게 가업을 전하니 효성스럽고 유순하구나.

만년에는 지팡이로 거니는 한가로운 처사 되어, 한 뙈기밭에는 뽕과 삼을 심어 가정을 편하게 했네.

가문의 법도는 제가와 수신으로 오복도 겸하였으니, 公의 영혼 구천의 새벽에 유감됨이 없으리

　　　　　　- 족제 동규는 삼가 재배하며 만함.

또 이렇게 쓰여 있었다.

〈만사 2〉

鳳鳴古洞毓眞元,　挺出吾公種德門
봉 명 고 동 육 진 원,　정 출 오 공 종 덕 문

三太平間棋酒局,　八旬年去布韋軒
삼 태 평 간 기 주 국,　팔 순 년 거 포 위 헌

皮裏經綸藏魯史,　眼前慘酷哭商寃
피 리 경 륜 장 노 사,　안 전 참 혹 곡 상 원

自世鰲鄕稀宿老,　於何考問後生言
자 세 오 향 희 숙 노,　어 하 고 문 후 생 언

臺山靑出鬱孤坮,　萬事都歸一夢埃
대 산 청 출 울 고 대,　만 사 도 귀 일 몽 애

鸞孫鳳子相隨哭,　水咽雲愁此日哀
난 손 봉 자 상 수 곡,　수 열 운 수 차 일 애

侍下生 密陽 朴龜柱 再拜哭挽

봉이 우는 옛 고을에 참다운 원기가 많은데, 우리의 公이 남달리 출중하여
덕의 가문 이루었네.

삼세 태평한 세상에서 바둑과 술로 손님을 대접하고, 팔순의 연세 되도록
위고포피①의 삶 사셨네.

피리에 경륜②하여 노나라 예를 펼치셨고, 참혹한 현실에서 상(商: 殷)나라
의 망함을 통탄하듯 하였네.

고을에서 숙로③를 찾아보기 어려운데, 후생들의 궁금한 점 누구에게 물어
보랴!

대산은 푸름이 나온 울창하고 외로운 대인데, 만사가 모두 일몽으로 돌아갔네.

난새같은 손자와 봉같은 아들이 따르며 통곡하니, 물도 오열하고 구름도 근심하며 이날을 슬퍼하네.

- 시하생 밀양 박구주는 재배하고 통곡하며 만함

[주(註)] ① 위고포피(韋袴布皮) : 다룸 가죽으로 지은 바지와 베로 만든 옷. 가난한 사람의 형용.
② 경륜(經綸) : 일을 조직적으로 잘 경영(經營)함. 천하(天下)를 다스림.
③ 숙로(宿老) : 경험(經驗)을 많이 쌓아서 사물(事物)에 통(通)한 노인. 기숙(耆宿). 기로(耆老).

장례식이 끝나고도 삼년상을 치르면서 미처 오지 못한 먼 곳에 사는 문상객들이 만장을 들고 끊임없이 찾아 왔다.

〈사진: 만서(輓書)〉

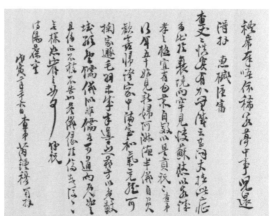

| 맺는 말 |

할아버지가 돌아가신 연세보다 더 많은 70 중반을 넘어서니 엊그제 한 일들은 가물가물 기억이 헷갈리는데 할아버지를 모신 어릴 때 기억은 오늘 일 같이 생각이 난다.

할아버지는 그의 성품을 대변하는 직(直)으로 선비들과의 교류를 했고, 敬畏(경외)(공경하고 두려워함)하는 넓고 두터운 민심을 품고 있었고 특히 6·25라는 민족의 대참극이 일어나서 피난민들이 몰려 왔을 때 재물을 털어 구휼(救恤)하는 호연지기(浩然之氣)를 보이셨다.

사람을 사랑했던 할아버지의 인의지정(仁義之情)은 주변에 굶는 사람이 없게 하셨고, 형제의 의리를 지켜 임종을 맞는 아우의 부탁을 들어주려고 그 많은 재산을 쾌척(快擲)했다.

할아버지가 손자에게 심어주려고 한 정신은 어쩌면 시대가 바뀌면 비판이 있을 수도 있다. 읽고 자기 것으로 다듬어 살아가면 된다.

나는 이것 하나는 마음의 자세로 살아왔다.

'항상 배우는 것, 즉 남이 잘하는 것을 보면 나도 저렇게 해야겠구나

하며 배웠고, 남이 잘못하는 것을 보면 나는 저렇게 하면 안 되겠구나 하고 배웠다.'

어떤 때는 이용당하고 배신당할 때도 있었지만 그럴 때마다 '또 하나 배웠다'라고 생각하며 살아왔다.

세상에 이름을 떨치고 부귀를 누리는 것이 꼭 잘 살았다고 볼 수 없다. 할아버지의 "재물은 쪼달리는 듯 있으면 되고, 남에게 손가락질 받지 않는 삶이면 된다."고 하신 말씀이 이렇게 와닿을 수가 없다.

육군사관학교에 입학하여 소부대 전술을 주로 배우고 전략적인 사고 양성에는 시간 할당이 적었다. 물론 육군 대학에서 배우긴 하지만…

나는 소부대 전술에 별 흥미를 느끼지 못했고, 할아버지로부터 틈틈이 들어온 고대 전쟁사 영웅들의 전략에 관심이 많았다.

특히 중국의 고전 병법은 관심에 흥미가 부합하여 육도삼략부터 손자병법, 사기 등 폭넓은 독서를 하였고, 육사 4학년 때는 중국 병법에 대한 서사시를 쓸 정도에 이르렀다.

이것도 할아버지의 영향에서 비롯된 것이고 나의 사고의 틀의 기본이 된 것이니 여기에 수록하였다.

병과는 훈육관의 보병 권장에도 불구하고 공병을 선택한 것은 아버지의 영향이다.

아버지가 작은 발명가였으니 아들도 엔지니어로 만들고 싶었던 것이다.

그러나 병과가 공병이면서도 공병부대에는 많이 근무하지 못하고

기획업무, 군사 정책/전략업무와 비서업무를 했었다.

가장 자랑스러운 보직은 육군본부 정책기획실, 전략기획처, 전략기획과, 전략기획 장교의 보직을 경험했다는 것이다.

소위 군사 전략의 황태자라는 별칭이 있는 곳이다.

솔직히 공병병과 장교가 근무하기에 무리인 보직에서 무사히 근무를 하고 진급까지 한 것은 그때 상급자와 선배 동료들의 각별한 사랑과 도움이 있었기 때문이었다.

특히 조영길(曺永吉) 과장(나중에 국방부 장관)님의 "훌륭한 목수가 되려면 연장 가는 법부터 배워야 한다"고 말씀을 하시면서 피나는 가르침을 주셨고 나는 순종하며 배웠기 때문에 가능했다. 이 경험은 나를 한 차원 높은 인격체로 자랄 수 있는 받침이 되었다.

曺 장관님께 존경과 감사를 드린다.

할아버지의 일생에서 지켜왔던 直자 철학을 손자도 지켜왔고, 이제 뒤따라오는 후손에게도 참고하고 따를 것을 바라면서 이 글을 정리하였다.

2021년 초가을에

|첨부|

아! 중국[5]

'남자로 태어난 것은 천만다행이나, 중국에서 태어나 대륙에서 말을 달려보지 못하는 것이 한이로다.' 어릴 적 박인현 선생님의 말씀이었는데 나 또한 중국에 취해 있다.

하의 우(禹)왕, 은의 탕(湯)왕, 주의 문(文)왕, 한의 유방(劉邦), 명의 주원장(朱元璋)
창업주(創業主)는 〈同天下之利者 得天下〉[6] 임을 알았고,
걸(桀), 주(紂),유(幽) 등 망주(亡主)는 〈擅(천)天下 之 利者　失天下〉[7]임을 몰랐네
예나 지금이나 天下는 〈非一人 之 天下요 萬人 之 天下〉[8]인 것을
創業은 혼자 힘으로 되는 것이 아니요,
무리가 많다고 되는 것이 아니나니

---

5) 저자가 육군사관학교 4학년 때 지은 敍事詩
6) 천하의 이익을 백성들과 나누어 가지면 천하를 얻는다. 강태공(여상), 육도삼략
7) 천하의 이익을 혼자 독차지하면 천하를 잃게 된다. 강태공 육도삼략
8) 천하는 한 사람의 천하가 아니고 만인(천하인)의 천하다.

탕왕(湯王)에게는 이윤(伊尹)이 있었고, 문왕은 여상(呂尙)이, 유방은 장량

(張良)이, 유비에게는 제갈량(諸葛亮), 주원장에게는 유기(劉基)가 있었네.

상앙(商鞅)의 법치(法治), 범수(范雎)의 원교 근공책(遠交 近攻策[9]), 제갈량의

융중대책(隆中對策[10])

소종(蘇從)과 오거(伍擧)의 붉은 충성심[11]이 주인을 올바르게 가게 했

고, 天下의 맹주(盟主)로 만들었네

패자(覇者)의 넓은 가슴, 天下를 가필(可畢)했네.

환공(桓公)의 조말(曹沫)과의 약속[12],

목공(穆公)의 〈君子는 不以 畜産 害人이요 食善 馬肉에 不飮酒하면 傷

人이라[13]〉

장공(莊公)의 절영지회(絶纓之會)[14]에서 그 큰 배짱 !

---

9) 먼 곳의 나라와는 교류하여 동맹하고 가까이 있는 나라를 친다.

10) 제갈량이 처음 유비를 만났을 때 내놓은 천하 三分 계책

11) 초나라 장왕이 대위에 오르자 "간(諫)하는 자는 사형에 처한다."라고 선포하고 3
    년간 아무런 일도 하지 않았다. 이때 목숨을 걸고 충간한 자가 소종과 오거이다.

12) 제나라 환공 5년에 노나라를 공격하여 승리하자 노나라 장공이 자기나라 수도
    를 바치겠다고 화의하여 승낙하는 회담장에 갑자기 노나라 장수 조말이 단상에
    뛰어들어 칼로 환공의 가슴에 겨누며 "빼앗은 땅을 모두 돌려 주시오"하자 환공
    이 "좋아. 알았어."라고 응락했는데, 환공은 이 약속을 지켰다.

13) 진(秦)나라 목공이 아끼는 말을 건달들이 잡아 먹었는데, 이내 잡혀 끌려왔다. 부
    하가 죽이려고 하자 목공 曰 "군자는 짐승을 죽였다고 하여 사람을 죽이지 않는다.
    그보다 고기를 먹고 술을 마시지 않으면 몸에 해롭다고 하니 술을 주라."고 했는
    데 그후 전투에서 목공이 위기에 처했을 때 이들이 목숨을 걸고 싸워 구출했다.

14) 초나라 장왕이 신하와 연회를 하는데 갑자기 바람이 불어 불이 꺼져버리자 왕의
    애첩이 비명을 질렀다. "어서 불을 켜 주세요. 어떤 자가 나의 입술을 훔치고 가슴

삼년불비(三年不蜚)이나 비장 충천(蜚將 衝天)했고,

삼년 불명(三年不鳴)이나 명장경인(鳴將驚人)[15] 했네

무궁무진(無窮無盡)한 병가(兵家)의 묘책(妙策)

각양각색(各樣各色)의 실전 KnowHow !

여상(呂尙)의 육도(六韜) 삼략(三略) 손무(孫武), 오기(吳起), 전양저(田讓苴)의 빛나는 병서[16]

손빈(孫矉)의 감조법(減竈)[17], 제갈량의 증조법(增竈法[18]) !

〈4경에 백하에서 말 울음 소리 들리면 물막이 터트리고…[19]〉

을 만졌소. 내가 그자의 갓끈을 뜯었으니 불을 켜면 알 수 있소" 왕은 신하를 잃는 것이 안타까웠다. "자 우리 모두 갓끈을 끊읍시다" 그래서 장수를 살렸고 전투에서 그 장수가 목숨을 걸고 싸워 승리를 했다. 끊을 絕, 갓끈 纓 절영지회라한다.

15) 초장왕이 3년 동안 아무 일도 하지 않고 누구든지 충언을 하면 죽이겠다고 하였는데 오거(伍擧)가 "새가 한 마리 있는데 3년 동안 날지도 않고 울지도 않으니 이 새는 무슨 새입니까?"라고 하자 "3년 동안 날지 않지만 한번 날면 하늘 꼭대기에 이를 것이고 한번 울면 세상을 놀라게 할 것이다. 그대가 하고자 하는 말을 알겠으니 물러가라!"고 했다.

16) 여상: 강태공, 손무: 손자병법, 오기: 오자(吳子), 전양저: 사마법(司馬法)

17) 손빈이 방연을 유인하기 위해 밥 짓는 솥 걸이 수를 줄였는데(줄일 減, 솥걸이 竈) 방연이 '모두 탈영했구나'라고 오판하게 했다. 그리고는 소수 정예 기마부대만 이끌고 추격해 오게 만들었다.

18) 제갈량은 부득이하여 퇴각 할 때 사마의가 추격해 올 것을 염려하여 솥걸이 수를 늘렸는데 이를 보고 사마의는 '매복병이 많이 있구나 추격하다가는 큰일 나겠다'라고 오판하게 했다.

19) 재갈량이 장비에게 '백하에서 말 울음 소리가 나거든 하후연의 퇴각 병사들이니 치라'라고 함

〈이 나무에 횃불이 밝혀지거든 화살을 쏘고…²⁰⁾〉

신출귀몰(神出鬼沒), 신기묘산(神機妙算), 경천위지(經天緯地)의 지략(智略)!

대선우 묵돌도 조운(鳥雲) 의 진법(陣法)²¹⁾ 터득했네.

〈새가 먹이를 보고 몰려들듯, 거미가 흩어져 도망가듯…〉

그래도 장수 중의 장수는 대수 장군 풍이(大樹將軍:후한 때 전공을 논하는데

풍이(馮異) 장군은 큰나무 밑에 초연히 앉아 있어서 큰나무 같은 장수

라는 평을 받음)와 상산(常山) 땅의 조운(조자룡, 趙子龍)일세

생사여탈(生死與奪)의 왕 앞에서 보신할 궁리도 많았으니,

한비(韓非)는 설난(舌難)으로 경계했고

---

20) 방연이 손빈을 추격하여 마릉 계곡 숲속에 이르러 날이 어두웠는데 나무 하나가
껍질이 벗겨져 있고 무슨 글자가 쓰여 있는데 보이지 않는지라 횃불을 켜고 읽
으려 하자 그 불빛을 향해 화살이 집중되었고 방연은 죽었다. 그 나무에는 '방연
이 이나무 아래에서 죽는다'라고 쓰여 있었다. 이 전투를 마릉 전투라고 한다.

21) 한나라 때 북방에는 흉노족이 세력을 넓히고 있었는데 두만 선우(왕)는 애첩의
자식에게 왕위를 물려주고자 묵돌 태자를 월(月)나라에 인질을 보내고 이어 공
격하였다. 태자를 죽이기 위한 흉계였다.
묵돌은 탈출하여 적시(鏑矢:화살, 날아갈 때 소리가 남)를 만들어 부하들에게 적
시가 날아가는 목표물에 일제히 쏘도록 훈련 시켰다. 어느 정도 훈련이 되자, 자
기가 타는 애마를 향해 활을 쏘았다. 몇 명이 주저하자 이들의 목을 베고, 자기
의 애첩을 향해 활을 쏘았다. 이때에도 망설이는 자를 죽여버렸다. 다음 목표는
자기 아버지 선우 두만을 향해 활을 쏘았다. 전원 일제히 활을 쏘았고 스스로 선
우가 되었다. 그 후 동쪽에 있는 부족 동호(東胡)에서 묵돌이 타는 명마를 요구
해 왔다. 신하들이 반대했으나 '인접국과 잘지내야지'라면서 준마를 보내 주었
다. 얼마 있다가 왕의 첩 하나를 보내 달라고 하였다. 모두 반대했으나, 이번에
도 보내 주었다. 점점 얕잡아 본 동호는 동쪽에 있는 초원을 달라고 하였다. 신
하들이 "쓸모없는 땅이니 줘버립시다"라고 하자, "땅은 국가의 근본이다"라고
하면서 줘버리자고 한 신하의 목을 자르고 일시에 공격하여 동호를 멸망시켰다.

범려는 장사꾼으로 변신했고[22]

왕전은 욕심쟁이 노인으로[23]

---

22) 오나라 왕 합려가 월나라와 전투에서 죽으면서 아들에게 "부차야 나를 죽인 자는 구천이다. 설마 잊지 않겠지."라고 유언하였고, 부차는 잠자리에 섶을 깔고 자면서(와신: 臥薪) 복수를 다짐한다.

그 후 부차는 오자서 장군과 손무 장군의 도움으로 월나라를 쳐서 이기고 아버지의 원수를 갚고 월나라 왕 구천을 사로잡아 종으로 부린다. 이때 구천과 동행한 자가 전략가이면서 충신인 범려이다. 구천은 범려의 진언에 따라 절세미인 서씨를 바치고 경계심을 늦추도록 종과 같이 행동하면서도 쓸개를 걸어놓고 핥으면서(상담:嘗膽) 만회할 기회를 노린다. 오나라가 초나라와 전투하러 떠나자 월나라 구천은 비어있는 오나라 도성을 공격하여 승리한다. 범려는 일등공신이면서도 모두 버리고 귀중품만 챙긴 후 역시 일등공신인 문종에게 말한다. "부차는 고생은 같이할 수 있는 인물이지만 영화는 나눌 줄 모르는 인물입니다. 도망가는 것이 좋을 듯합니다" 문종은 말을 듣지 않았고 나중에 죽임을 당했다. 범려는 바다를 건너 제나라로 가서 이름을 치이자피라고 바꾸고 열심히 개간하여 큰 부자가 되었다.그러자 제나라에서 재상 자리를 제의해 왔다. 그는 또다시 보배만 챙겨 도 나라로 이사하여 이름을 도주공이라 하고 농경과 목축에 힘썼다. 또다시 그는 큰 부자가 되었다.

23) 왕전은 진시왕이 젊은 나이에 통일을 위해 인접 국가를 공격할 때 뛰어난 장군이었다. 초나라만 격파하면 천하를 통일할 기점에서 이신(李信)이란 젊은 장군과 맞부딪치게 되었다. 이신 장군은 초나라를 치는데 20만 명이면 족하다고 하였고 왕전은 60만 명이 있어야 된다고 하였다. 진시왕은 이신 장군의 손을 들어 주었고 왕전은 낙향하였다. 그러나 실제 전투에서 이신 장군이 크게 패하자 진시왕은 왕전을 찾아와서 사과하고 60만을 줄테니 출전해 달라고 했다. 몇 번을 사양하다가 "이번 싸움에서 이기면 좋은 땅과 저택을 주십시오"라고 건의했다. 왕은 "주고 말고, 약속하리다." 왕전은 출전하면서도 같은 말을 했고, 행군하다가도 몇 번이고 좋은 땅과 저택을 상으로 줄 것을 요구했다. 보다 못한 부관이 "장군으로서 부끄럽지 않습니까?"라고 말하자 왕전은 "나는 지금 왕의 군사 거의 전부를 끌고 왔다. 왕은 혹시 반란이라도 일으킬까 봐 엄청 불안할 것이다. 내가 이러는 것은 나이 많은 영감이 재산밖에 욕심이 없다고 생각하도록 하기 위함이다."

장량(張良)은 신선이 되겠다.[24]고 발뺌했네

소하는 스스로 악명을 높여[25] 임금의 눈 피했네

아마도 아첨으로 보신한 일등은 장락노(長樂老) 풍도[26] 일걸세

출세를 위한 수단은 어떠했던고.

소진(蘇秦)의 췌마술(揣魔術)[27]

장의(張儀)의 세 치 혀(舌) 〈시오설상재불(視吾舌尚在不:내 혀가 붙어 있는지 없
는지 봐다오)〉[28]

---

24) 장량은 한 선인(황석공)으로부터 받은 천서(강태공의 육도삼략)를 받아 공부하
   여 한나라 유방의 스승이 되어 항우를 물리치고 漢 나라의 일등공신이 되었다.
   그는 공신인 한신이 죽는 것을 보고 토사구팽(兔死狗烹: 토끼 사냥이 끝나면 사
   냥개를 삶아 먹음)될 것을 예감하고 산에 들어가서 선생 황석공을 모시고 도를
   닦아 신선이 되겠다고 하여 의심받지 않고 잠적해 버렸다.

25) 소하는 유방의 친구이면서 재상이 되어 후방 군수 지원의 중책을 맡아 왔다. 유
   방이 전선에서 싸울 때 그는 후방에서 백성들로부터 많은 칭송을 받았다. 이것
   이 불안한 유방은 전투 중에도 가끔 상을 보냈다. 소하는 유방이 자기를 의심한
   다는 것을 알고는 민간인들로부터 돈을 빌려 저택과 땅을 사고 그 돈을 갚지 않
   았다. 백성들의 원성이 높아지자 유방은 오히려 '별놈 아니군'이라고 생각하고
   안심하였다 한다.

26) 당나라가 망하고 혼란기에 5대 10국이 난립하여 단기간 왕조를 이루었는데 이
   시대에 풍도(馮道)라는 노인이 걸안, 후한, 후주 등에서 높은 벼슬을 하면서 '아
   침에는 진나라에서 벼슬하고 저녁에는 초나라에서 벼슬한다.'라는 말을 그의 저
   서 장락노서에 자랑으로 적고 있으며, 호를 장락로라 하였다.

27) 상대방의 강점과 약점을 정확히 파악하고 왕의 심중을 읽으면서 먼저 장점을 설
   파하여 왕의 마음을 얻은 다음 부족한 부분과 그에 대한 대책으로 설득하는 대
   화 방법.

28) 장의가 빈궁할 때 어느 집에서 묵게 되었는데 도둑으로 몰려 심하게 구타를 당
   하고 집으로 돌아왔다. 그 부인이 '천하 유세고 뭐고 집어치우고 집에서 농사나

양치기 복식의 순수한 충성심[29]

석분 만석군(萬石君)의 정직과 성실![30]

여불위의 일만큼 투자[31]

문군을 유혹한 사마상여의 계략[32]

짓자'라고 하자 혀를 쏙 내밀며 '내 혀가 붙어 있느냐?'라고 물었다. 부인이 '혀는 괜찮다고' 말하자 '그럼 됐다.'라고 했다.

29) 한나라 무제가 흉노와 싸우고 있을 때 양치기 복식(卜式)이 자발적으로 재산을 헌납했다. "모두 재산을 감추기에 급급한데 너는 왜 재산을 헌납하느냐? 무슨 요구 사항이 있느냐?"라고 묻자 "천자께서 흉노와 싸우고 있는데 힘이 있는 자는 목숨을 던지고 재산이 있는 자는 돈을 내놓지 않으면 어찌 흉노를 쳐서 이길 수 있겠습니까?"라고 답하자 기특하여 벼슬을 내리려 하자 사양하여 왕의 양 치는 일부터 시키고 나중에는 왕의 스승까지 되었다.

30) 본래 이름은 석분(石奮)이다. 한고조 유방이 항우를 치러 하내 땅을 지날 때 15세의 석분이 가까이에서 심부름을 했다. 조심성 있고 성실하여 문제, 경제에 이르러 아들 넷이 모두 2000석의 관직에 오르고 본인도 2000석 관직이 되어 합이 만석이 되자 모두 만석꾼이라 불렀다.

31) 진(秦)나라 장 양왕(자초)이 조나라에 인질로 와있을 때 대상(大商)인 여불위가 자초에게 교제비로 쓰도록 5,000금을 주고, 또 5,000금을 들여 진귀한 보물을 싸서 진나라로 가서 자초가 화양 부인이 양자로 삼도록 로비했다. 또한 자기의 애첩을 자초의 부인으로 맺어주어서 낳은 아이가 정(政). 즉 진시왕이다. 정은 13세에 왕위에 오르고 여불위를 상국(相國)의 직위를 주었다.

32) 사마상여는 한나라 경제 때 인물인데 어느 정도 학문의 경지에 있었으나 너무 가난했다. 그의 친구 중에 현령이 있었는데 현령을 통하여 그 지역 대부호인 탁왕손의 귀에 들어가도록 소문을 내었다. 즉 〈대단한 인물이 현령 집에 머물고 있다.〉는 것이다. 탁왕 손은 연회를 벌려 많은 손님을 모아 놓고 초청했다.
몇 번 거절하여 간장이 타게 한 다음 초청에 응하여 칠현금을 타게 된다. 사실은 그 집에 문군이란 과부 딸이 있었는데 이 딸을 유혹하기 위해서였다. 딸. 문군도 궁금하여 몰래 엿듣게 되는데 즉시 반하여 둘이서 마차로 도망가 버린다. 너무

이것도 인생의 교훈일세

수어지교(水魚之交)[33], 교칠지교(膠漆之交)[34], 관포지교(管鮑之交)[35],

문경지교(刎頸之交)[36]는 교우관계의 표상이 되며

가난한 사마상여의 집에서 이내 싫증이 난 문군은 집으로 돌아가려 하자 사마상여는 설득하여 친정 동네 앞에다 술집을 차리고 둘이서 손님 접대를 하니 그녀의 아버지는 창피해서 죽을 지경이었다. 결국 그 아버지가 많은 돈을 주어서 성도에서 살게 해주었고 사마상여가 지은 시가 경제의 손에 들어가서 읽고 크게 기뻐하며 낭중으로 등용했다.

33) 유비 현덕이 "나는 물고기이고 제갈량은 물이다."라고 한데서 비롯됨. 어느 한 쪽이라도 없으면 살 수 없는 관계를 표한다.

34) 아교는 단단하나 아름답지 못하고, 옷칠은 아름다우나 단단하지 못하다. 친구 간에 서로의 장점으로 상대방의 단점을 보완해 주는 우정을 말한다.

35) 관포와 포숙의 교우관계를 말한다. 관포가 "나를 낳아준 자는 나의 부모요, 나를 알아준 자는 포숙이다"라고 하여 서로 상대방의 능력을 잘 알아서 발휘하도록 돕는 우정이다.

36) 인상여는 원래 약한 선비였는데 화씨의 구슬(和氏의 璧)을 잘 처리한 공으로 노장 염파보다 벼슬이 높아지자 염파는 '인상여 이놈 만나기만 하면 가만두지 않겠다'라고 했다. 이에 인상여는 염파를 피해 다녔는데 그의 부하가 '직위는 공이 더 높으면서 너무한 것 아닙니까? 우리도 쪽팔려서 떠나렵니다' 하니까 인상여가 말하기를 '너희들은 진나라 왕이 더 무섭냐 염파 장군이 더 무섭냐?' 부하들이 '진나라 왕이 더 무섭습니다' 하자 '나는 진나라 왕을 개 꾸짖듯이 꾸짖었다. 내가 염파 장군이 무엇이 두렵겠냐 단지 두 호랑이가 싸우면 한쪽이 죽게 되고 그러면 진나라가 쳐들어올 것이다.' 이 말을 전해 들은 염파는 윗옷을 벗고 가시 회초리 다발을 짊어지고 꿇어 엎드려 "공의 높은 뜻을 몰랐습니다. 이 가시 회초리로 나를 때려주소서" 하면서 빌었다. 이에 두 사람은 화해하고 목이 잘리는 한이 있어도 변치 않는 우정 관계를 맺었다. 이는 큰일을 위해 사사로운 감정은 갖지 않는 우정을 말한다.

오나라 전제[37], 연나라 형가[38], 주가, 극맹, 곽해[39]등 협도들의 의기와

예양(豫讓)[40], 섭정[41]의 죽음은 오늘날에도 배워야 할 일들일세

나라가 망하는 것은 간신과 미색이 어우러진 곳에 있었나니

---

37) 오나라 왕 수몽은 네 아들 중 넷째 계자를 후계로 물려 주고자 했으나 당사자가 적극 사양하여 순서가 이상하게 되었다. 첫째 아들의 아들인 광(光)은 자기가 순서 임에도 셋째 아들의 아들 요가 왕이 되는 것에 불만을 품고 자기 집에 연회를 베풀고 왕을 초청한 뒤 자기는 발이 삔 척하며 자리를 피하고 요리사 전제가 물고기 요리를 들고 들어가서 접시를 내려놓으면서 고기 뱃속에 숨겨져 있는 칼로 왕을 죽였다. 이 칼을 어장(魚腸)이라 한다.

38) 연나라 태자 단(丹)은 진나라 왕 정과 같이 조나라에 인질 생활을 하면서 친하게 지냈으나, 왕이 된 후 냉랭하게 대하는 정에게 원한을 품고 암살하고자 형가라는 인물을 찾아 보낸다. 형가는 떠나면서 "바람 소리 쓸쓸하고 역수(易水) 물은 차가 와라. 장사(壯士) 한번 떠나면 다시 오지 못하리"라는 노래를 부르며 당당히 떠나갔다.

39) 진나라 말기에서 한나라 초기까지 이름 있는 협객들이다. 협객이라지만 의리와 도덕은 모범이었다.

40) 예양은 진(晉)나라가 분할되어 한(韓), 조(趙), 위(魏) 삼국으로 되면서 진나라 지백을 섬겼는데 조양자가 한과 위와 협력하여 지백을 죽이고 조양자는 지백의 해골에 금으로 때우고 옻칠을 하여 요강으로 섰다. 이에 예양은 섬겼던 주인의 원수를 갚기 위해 온몸에 옻칠하여 문둥병으로 가장하고 숯불을 삼켜 목소리까지 변성하였으나 실패하고 조양자에게 윗옷을 벗어 달라고 부탁하여 그 옷을 찌르고는 자살하였다.

41) 한(韓)나라에 엄중자란 자가 간신 협루로부터 위협을 느껴 제나라로 피신하여 섭정을 만나 사실을 얘기하자 의협심을 느낀 섭정은 (자기와 전혀 관계없는) 모시는 어머니가 죽고 난 후에 한나라에 가서 협루를 죽이고 자신의 얼굴 껍질을 벗겨 누구인지 모르게 하였다. 길거리에 버려진 채 가족을 찾던 중 그의 누나가 '틀림없이 내 동생일 것'이라며 찾아와서 '이 사람은 내 동생 섭정이요'라고 알린 후에 자기도 자결하였다. 동생은 누나에게 피해를 주지 않으려는 생각이었고, 누나는 동생의 의로움을 알리기 위함이었다.

제나라의 역아, 저방, 수조[42],

진(秦)나라의 조고[43],

걸왕과 말희[44]

주왕(紂王)과 달기, 유왕과 포사[45]가 그들이었네. 진(陳)나라의 하희는

3부(夫) 2군(君) 1자(子)를 죽게 했고, 1국 2경을 멸망케 했고[46]

---

42) 제나라 환공 때 관중이 죽으면서 이 세 사람을 쓰지 말라고 했는데도 환공은 출세를 위해 자기 자식이라도 죽여 국을 끓여 바치겠다는 요괴스러운 역아, 망명해 온 위나라 공자 개방, 출세를 위해 자진 거세하고 고자가 된 수조, 이 세 사람을 썼고, 제나라는 패자(覇者)로서의 권위를 잃고 환공이 죽었을 때 장례를 치르지 못해 구더기가 쓸었다고 한다.

43) 조고는 환관이다. 진시황이 죽자 유언을 변조하여 장자인 부소를 죽이고, 막내아들 호해에게 왕위를 물려 주고 완전 정보를 차단하여 로봇으로 만드는가 하면, 정적인 이사도 죽이고, 나중에는 호해마저 죽여진 나라가 멸망하는 길로 접어들게 된다.

44) 하 왕조의 마지막 왕 걸왕과 말희, 은나라의 마지막 왕 주왕과 달기는 중국 역사상 폭군으로 지목하여 통상 폭군 걸주라고 한다.

45) 주나라 유왕이 포사라는 여인을 기쁘게 해주기 위해서 여러 가지 행위를 했는데 나중에는 가짜 봉화를 올려 군사 작전 체계를 문란시켰고, 결국 반란이 일어나 왕이 죽었고 주나라는 힘을 잃고 춘추 시대로 전환된다.

46) 진나라 영공과 두 사람 대부는 하희와 불륜의 정을 맺고 있었다. 하희의 아들 하징서는 "징서의 얼굴이 아무래도 자네를 닮았군" "무슨 말씀입니까? 군주를 닮았습니다"라는 주고받는 농담을 듣고 숨어 있다가 활로 영공을 죽여버렸다. 놀란 두 사람 대부와 태자는 도망갔고, 하징서 스스로 왕에 앉았는데 초나라 장왕이 이 사건을 빌미로 진나라를 공격해서 하징서를 죽이고, 진나라는 초나라에 복속시켰다. 하희의 미색에 빠진 초 장왕, 영윤인 자반, 그리고 무신. 결국 무신은 하희를 데리고 晉나라로 도망가고 초나라 장군 자반은 이 사건을 이유로 무신의 일족을 모두 죽여 버리는 등 세기의 요부 하희로 인해 전무후무한 화근을 일으켰다.

진(晉)나라 이희는 신생(申生)을 죽게 했고 중이, 이오 형제를 망명(亡命)하게 했네[47]

어찌 이뿐이랴!

흥하고 망하는 일 중국 땅에 모두 있고

사람 살아가는 길 여기서 찾을 수 있네

아~~어느 날 나에게도 기회 있어 간장(干將), 막야(莫耶) 허리에 차고[48]

서극천마(西極天馬) 배 걷어차며[49] 대륙(大陸)을 달려볼까?

1968년 9월 (육사 4학년) 예병주 書

---

47) 晉나라 헌공은 이희가 낳은 어린 아들을 태자로 삼고자 이희의 벼갯머리 송사에 넘어가고 말았다. 태자 신생은 억울하게 모함을 당해 자결하고, 배다른 동생 중이와 이오는 망명했다.

48) 오나라 유명한 대장장이 간장과 막야 부부가 쌍검을 만들어서 자기들 이름을 붙였다.

49) 한 무제가 땀으로 피를 흘리는 준마가 대원에 있다는 장건의 보고를 받고 각고의 노력 끝에 서극 천마를 가져왔다.

5장

부록

할아버지 간찰

만사

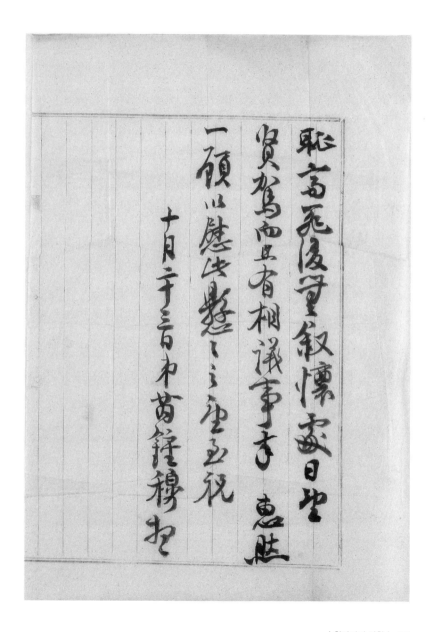

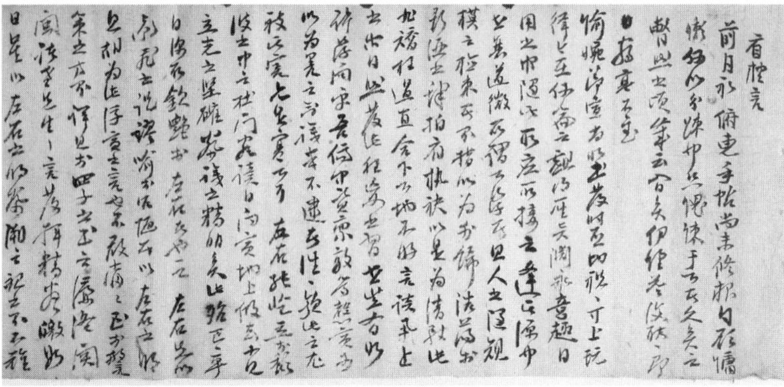

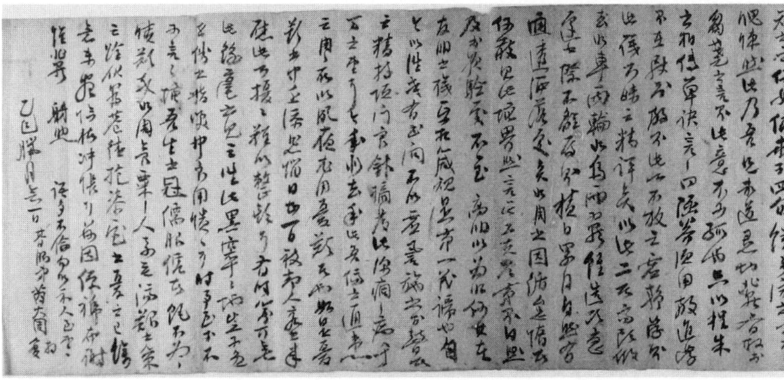

社年來日氣稍暖
尙有悚昨非昌寧平安是祝昨日士澄
又有昌寧來袖出三幅日課
生可免術者之欺穰本等覺
此善但伊今相地而已然感悃惡言
暑炎觀以有徑挺改不宜
士澄而暗呈覽 天詳諒而回送
此荷
　　　甲午肖春書
　　　愚弟芮鍾穆頓首
朴紀鉉氏回座下

足孤佳爲可依從
鶴契芇～度幾年
睛慇繫几塲雯湶
古社質裵兄遠先
和琴俤韵去々去
佳新舞照容畵
可憐往事陰素
誠來喜而呈詩句
頌華延　芮重基

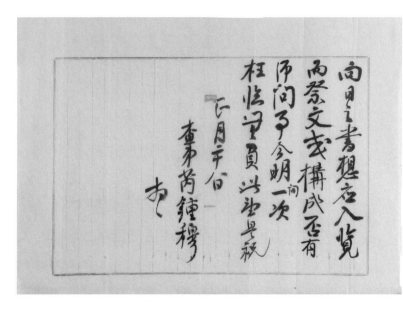

奉審有日不寒
方諫僚 而康旺否 ̄
閑苦弟先祖碑文不可
使謄海偶性而弟與耶徐
妹皆病不然不足色更能受
文抄阿復初非吾　兄亦不
可捨費仙師告孝情
尊步吾仲氏海祇
　月初六日
　　直弟芮鍾穆
　　　　拜

實兄巷個審中人相訪書年釋发
零露始若且不於与吾　兄源相違
肺勢已极恨愁奈可穆之一方能作
三生之子而前生生生兄已任過又欲
萬隆生之事巳年生塘非因莫能来
同侄釈之高橋麩莫邑財心弟供漢子

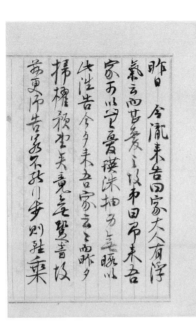

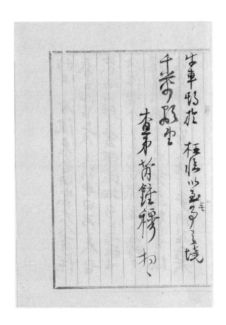

伏惟菊秋
尊體百福生等地芳一如耳
鄒先師玄山先生文集今才
刊出嚴惟先師之段と二十年
其間貽憂於海內　今君子者
亦已久矣　俯仰悚愧不知收詢
壹帳伏呈　下諒為只此石呈上
戊申九月　日
　　門人　芮鍾櫻
　　　　　李聖道
　　　　　權正遠
　　　　　宋祥儀等
　　　　　　　再拜

禮席存唏係稀家尊中事兒還
浮扨　惠帊匡庸
查文之悵發有如望陰玄高两夫棓學旆
多此孔葉霞院尚宰見俊蘇慈以家降
孝之樞宜有白宗自效以是貢秩之
以月五乎驰見莊婦阿淋海半儀自臾
歡喜歸潭家甲蒲堂和氣元荒可
抂家遞毛羽末孝之遺之以郡方以差鼓
墻形里儒佛以非儒方可道而及人坴
且後品不救不苦此条佛傷非信素陰へ
吾孫兴宵之少乎　伻拟
清陽儒坒
小寅二十六日晝甲芮鍾櫻有拝

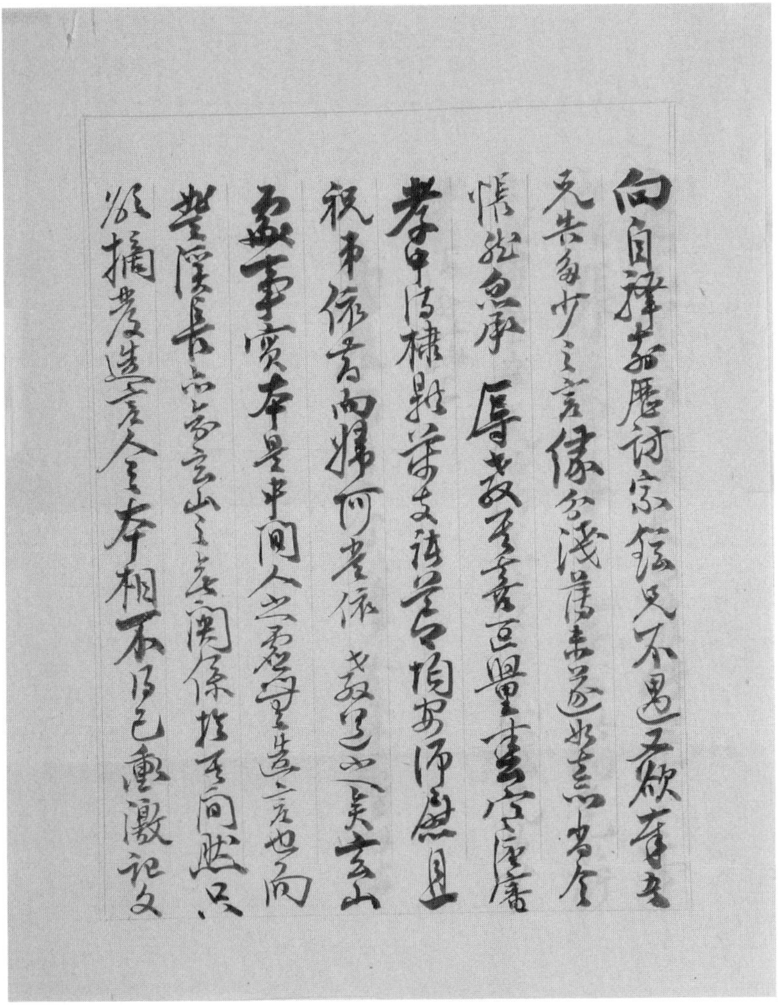

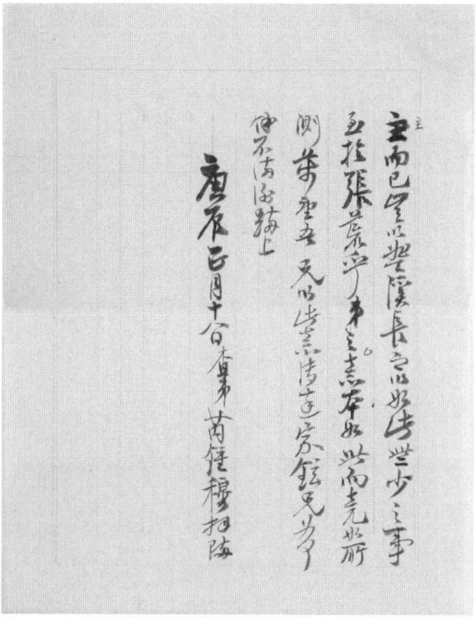

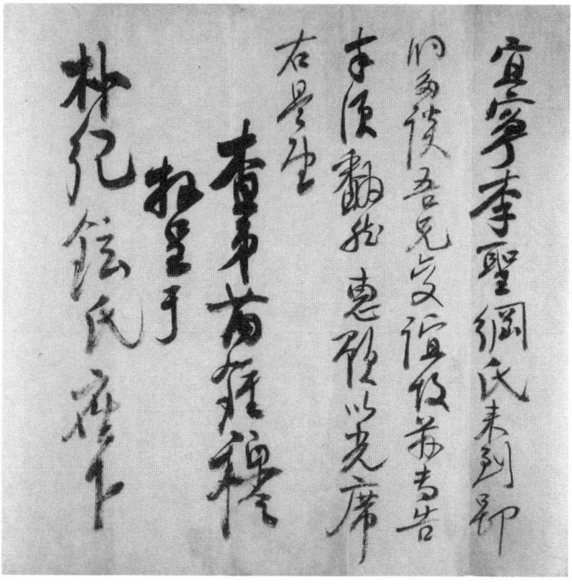

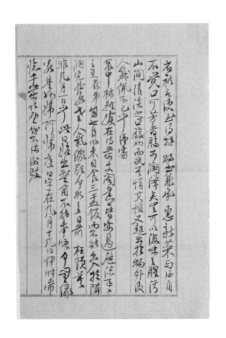

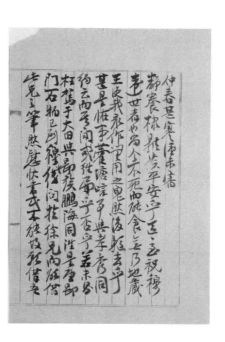

仲春思寒寒情弄唐
都襄椽飛苑笑平安守言、玉祝穆
奉世春永為公不死四佳食言乃地歲
王家我飛作用之鬼胱後發妻守
蔓是惟李藿塘啤事與孝孝同
絡云而零間戚絕幕守否守岩未忘
枝駕于大田與鄙殘鵬海同泚星厚卽
門石物已何穆餘問枝徐兒兩經僧
此兒言筆熟歷快書武木旅段就僑者

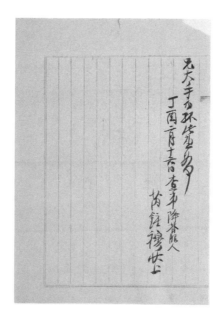

元大八于分环学坐乡?
丁甬言土吾查乎陈茶能人
苔鉒穆快上

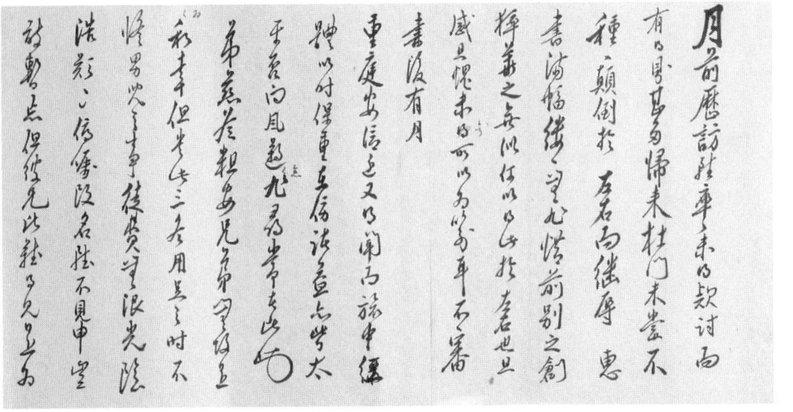

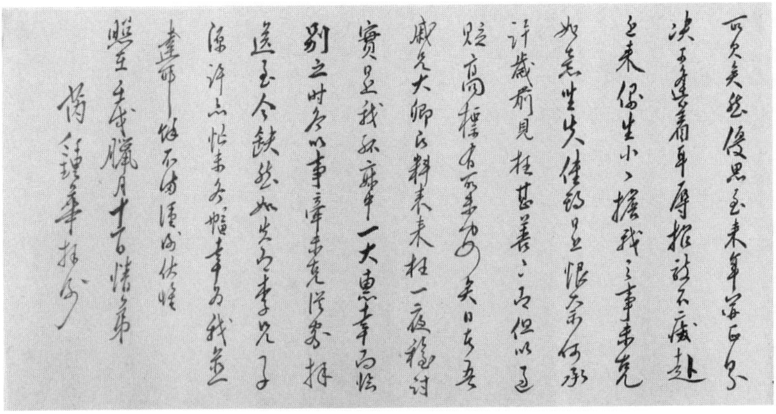

〈만사 1〉

天騰吾門德望賢, 諄諄牖學已多年
천 등 오 문 덕 망 현, 순 순 유 학 이 다 년

把珠枳帳時難遇, 積蔭蘭庭慶有傳
파 주 니 장 시 난 우, 적 음 난 정 경 유 전

只擬高堂終寄老, 未料靈駕奎歸先
지 의 고 당 종 기 노, 미 료 영 가 규 귀 선

鳳軒之下龍齊上, 那得淸儀更侍筵.
봉 헌 지 하 용 재 상, 나 득 청 의 갱 시 연

族弟 大周 謹再拜哭輓

하늘이 우리 가문에 덕망있는 현인을 올렸으니, 순순①하게 학문을 열어줌
이 이미 여러 해였네.

주옥 잡고 무성하게 베풀어도 때 만나기 어렵고, 난초의 뜰에서 음덕을 쌓으
니 경사를 전함이 있었네.

다만 고당에서 노년에 부쳐서 마치려고 하였더니, 영가 규성②에 먼저 돌아
가리라 헤아리지 못하였네.
봉헌의 아래요 용재의 위에서, 어찌하면 다시 풍의③를 자리에서 모심을 얻으랴!

족제인 대주는 삼가 재배하고 통곡하며 만사를 씀

[주(註)] ① 순순(諄諄) : 거듭 일어 친절히 가르치는 모양. 성실하 삼가는 모양.

② 규성(奎星) : 이십팔숙(二十八宿)의 열다섯 번째 별.초여름에 보이
는 중성(中星)으로 문운(文運)을 맡아 봄.

③ 풍의(風儀) : 멋진 풍채(風采).아름다운 체격(體格). 용자(容姿).

〈만사 2〉

中天南極炁相凝, 永錫無疆壽福膺
중 천 남 극 기 상 응, 영 석 무 강 수 복 응
花樹繁陰推睦友, 桑麻古圃聽賢仍
화 수 번 음 추 목 우, 상 마 고 포 청 현 잉

贐盡靑春回合巹, 堪憐白髮涕延陵

승 진 청 춘 회 합 근, 감 련 백 발 체 연 릉

數闋丁都山月暮, 軒屛自此與誰憑

수 결 정 도 산 월 모, 헌 병 자 차 여 수 빙

族弟 東日 謹再拜哭輓

중천과 남극에 기운이 서로 어리어, 영원히 무강한 수복을 받음을 주셨네.

화수회의 번창한 그늘에는 화목한 벗으로 추대하였고, 뽕나무와 삼의 옛 밭은 어진 후손에게 맡겼네.

청춘이 다하고 남아 합근①이 돌아왔고, 가련하게 백발에 눈물이 능으로 흘러내림을 어이하리!

두어 곡조 읊나니, 달은 산에 저물었는데, 집과 병풍은 이제 누구와 더불어 의지할꼬!

족제인 동일은 삼가 재배하고 통곡하며 만사를 씀

[주(註)] ① 합근(合巹) : 술잔을 맞춘다는 뜻. 부부(夫婦)가 됨

〈만사 3〉

鳳山淑氣降吾公, 種德家中福祿同
봉 산 숙 기 강 오 공, 종 덕 가 중 복 록 동

一床琴瑟回婚日, 滿室芝蘭換甲翁
일 상 금 슬 회 혼 일, 만 실 지 란 환 갑 옹

處世溫和君子行, 齊家雍睦古人風
처 세 온 화 군 자 행, 제 가 옹 목 고 인 풍

除却塵間多小事, 幸逢樂歲又令終
제 각 진 간 다 소 사, 행 봉 낙 세 우 영 종

族姪 大畿 謹再拜哭慟哭輓

봉산의 맑은 정기가 우리 公을 내렸고, 덕을 심은 가문 가운데 복록이 동일
하네.

하나의 평상에 금슬①이 혼례의 날이 돌아왔고, 집에 가득한 지란과 회갑의
늙은이와 바꾸네.

세상 처신은 온화하였으니 군자의 행실이요, 집을 가지런히 다스림은 옹목
하였으니 고인의 풍모였네.

티끌세상 사이에 많고 적은 일들은 제거하여 물리치고, 다행히 즐거운 해를
만나 또한 착하게 마쳤네.

족질인 대기는 삼가 재배하고 통곡하며 만사를 씀

〈만사 4〉

純純德業寔天質, 臨事相論每往還
순 순 덕 업 식 천 질, 임 사 상 론 매 왕 환

無怪長年生白髮, 那知今日去靑山
무 괴 장 년 생 백 발, 나 지 금 일 거 청 산

庭蘭幸是多賢俊, 門運如何太極艱
정 난 행 시 다 현 준, 문 운 여 하 태 극 간

忍見堂圍八旬老, 可憐無語淚潸潸
인 견 당 위 팔 순 노, 가 련 무 어 누 산 산

族叔 東彩 再拜哭輓

순수하고 순진한 덕업은 이것이 천성의 자질이고, 일에 임박하며 서로 의논
하며 매일 가고 왔네.

장년에 백발이 생김은 이상함이 없지만, 금일에 청산으로 갈 줄 어찌 알았으
랴!

뜰에 난초들은 다행이 이들에 어질고 준수함이 많고, 문중의 운수가 어찌 이리 어려울까?

내당에 훤위① 팔순의 노모를 차마 보겠느냐? 가히 가련하여 말없이 눈물만 줄줄 흐르네.

　　　　족숙인 동채는 재배하고 통곡하며 만사를 씀

[주(註)] ① 훤위(萱闈) : 남의 어머니의 존칭(尊稱). 훤당(萱堂).

〈만사 5〉

堪惜人間六十年, 一生凡事理當然
감 석 인 간 육 십 년, 일 생 범 사 리 당 연

四三兄弟寔相好, 數百諸宗教爲賢
사 삼 형 제 식 상 호, 수 백 제 종 교 위 현

門亦運衰公去後, 天何命奪父生苑
문 역 운 쇠 공 거 후, 천 하 명 탈 부 생 원

於今始覺虹樑折, 二孝悽心泣涕漣
어 금 시 각 홍 량 절, 이 효 처 심 읍 체 연

族弟 昌根 謹再拜哭輓

인간의 육십 년에 애석함을 견디랴! 일생에 모든 일에는 이치가 당연(當然)하
였네.

서넛의 형제분과 이분들은 서로 좋아하였고, 수백의 여러 종친(宗親)을 가르
쳐 현인이 되었네.

가문 역시 운수가 쇠약하여 公이 가신 뒤, 하늘은 어찌하여 동산에 사는 아
버지의 목숨을 빼앗았을까?

지금 비로소 무지개의 대들보가 꺾어졌음을 깨닫고, 두 효자가 슬픈 마음에
눈물을 줄줄 흘리며 우네.

족제인 창근은 삼가 재배하고 통곡하며 만사를 씀

〈만사 6〉

溫和心性稟天眞, 三太平問長老人

온 화 심 성 품 천 진, 삼 태 평 문 장 로 인

守夢家中修業裕, 見龍齋上勸工頻.

수 몽 가 중 수 업 유, 현 용 재 상 권 공 빈

可憐壎榻聲達律, 只恨萱堂孝未純

가 련 훈 탑 성 달 율, 지 한 훤 당 효 미 순

數幅哀詞從此訣, 丹旌前路感懷新

수 폭 애 사 종 차 결, 단 정 전 로 감 회 신

弟密 城后人 朴弘德 謹拜哭輓

온화한 마음과 성품은 천성의 참다움을 받았고, 삼세 태평한 세상에 장로한
사람이었네.

수몽의 가문 가운데 여유롭게 학업을 닦았고, 현용재 위에서 자주 공부를 권
하였네.

가히 가련함은 훈탑에 소리가 음율이 어긋남이고, 다만 훤당에게 효도가 순
전하지 못함이 한탄스럽네.

두어 폭의 애사로 이제부터 넌 영결하니, 붉은 명정①의 앞길에 감회가 새롭
네.

제밀 성후인 박홍덕은 삼가 절하고 통곡하며 만사를 씀.

[주(註)] ① 명정(銘旌) : 초상 때 쓰는 죽은 사람의 관위(官位)·성명(姓名) 등을 쓴 기(旗). 명기(銘旗).

〈만사 7〉

心爲蘊藉義精微, 獨善平生世與違
심 위 온 자 의 정 미, 독 선 평 생 세 여 위

湏從邨學推鄕里, 謾費奇才赴省圍
수 종 촌 학 추 향 리, 만 비 기 재 부 성 위

只信塞門長護在, 那知一夕遽能歸
지 신 색 문 장 호 재, 나 지 일 석 거 능 귀

慘是人間惟易路, 可憐白髮泣堂圍
참 시 인 간 유 역 로, 가 련 백 발 읍 당 위

族叔 東日 謹拜哭輓

마음은 온자①하였고 의리는 정밀하고 은미하였으며, 혼자 평생에 선행 하니 세상과 더불어 어긋났네.

모름지기 마을학자를 따르면 향리에서 추중②하였고, 공연히 기이한 재능을

허비해 성위③에 갔네.

다만 빈한한 가문에 장구하게 보호함이 있음을 믿고, 어찌 알았으랴 하루 저녁에 능히 돌아갈 것임을.

이 인간은 오직 길이 바뀜이 비참하고, 가히 가련함은 내당에 훤위께서 우는 것이네

족숙인 동일은 삼가 절하고 통곡하며 만사를 씀.

[주(註)] ① 온자(蘊藉) : 마음이 넓고 조용함. 함축성이 있고 여유가 있음.

② 추중(推重) : 높이 받들어 귀중하게 여김.

③ 성위(省圍) : 성(省)은 성시(省試)니 과거시험장(科擧試驗場)이며, 위(圍)는 시험장에 잡인의 출입을 금지하기 위하여 가시나무로 주위를 둘러쌓기 때문에 과거시험장을 성위라 함.

〈만사 8〉

我公質性任天眞, 鍾得平生泰和春
아 공 질 성 임 천 진, 종 득 평 생 태 화 춘

鵬路未尋惟慨士, 龍齋趨躅是賢人

봉로미심유개사, 용재추촉시현인

規模茫茫傳家燕, 德行安安與世屯

규모망망전가연, 덕행안안여세준

生死縱云無奈事, 可憐今日少堂親

생사종운무나사, 가련금일소당친

又有詞首,情何盡伸, 志于文學,後牖彬彬

우유사수,정하진신, 지우문학,후유빈빈

爲兄爲弟,年齡雖違, 遊必相從,竟日忘歸

위형위제,년령수위, 유필상종,경일망귀

門議講席,理析是非. 望重斗岳,彌仰棟樑

문의강석,리석시비, 망중두악,미앙동량

鬼胡忍斯,風曀雲涕, 幽宅靑山,萬事亡羊

귀호인사,풍희운체, 유택정산,만사망양

望之不見,思之不忘, 淚自潸潸,胸陛斷腹

망지불견,사지불망, 누자산산,흉인단복

若逢吾考,爲言仔詳.

약봉오고, 위언자상.

族弟 大宇 謹拜哭輓

우리 공(公)의 자질과 성품은 천성의 참다움에 맡기고, 평생에 태평하고 화목
한 봄기운 심음을 얻었네.

붕로①를 찾지 못하였으니 오직 슬퍼하는 선비요, 용재에서 발자취를 달려 가던 이가 어진 사람이네.

규모는 망망하였으니 청백한 가문의 제비였고, 덕행은 안안하니 세상과 더불어 어려워하였네.

죽고 삶을 비록 어쩔 수 없는 것이라 하지만, 금일에는 북당에 노친이 가히 가련하구나.

또한 말할 머리가 있으니, 정을 어찌 다 펼치랴! 문학에 뜻을 두어, 후학을 빛나게 열어주셨네.

형, 동생이 되어, 나이는 비록 다르지만, 유람시 반듯이 서로 따랐고, 하루가 마치도록 돌아옴도 잊었네.

문중에서 의논하고 강론하는 자리에, 옳고 그름 이치로 분석하였네. 북두와 산악처럼 명망이 중하였고, 기둥과 대들보처럼 더욱 우러러 보았네.

귀신은 어찌 이것을 참았을까? 바람도 무덥고 구름도 눈물 흘렸네. 청산에 유택을 마련하니, 만사는 망양②이로다.

바라보아도 보이지 않고, 생각하면 잊히지 않네. 눈물만 저절로 줄줄 흐르고, 가슴은 막히고 간장은 끊어지네.

만약에 나의 선고님③을 만나게 되면, 위하여 자상하게 말하여 주오.

족제인 대우는 삼가 절하고 통곡하며 만사를 씀.

[주(註)] ① 붕로(鵬路: 鵬程) : 붕(鵬)새가 날아가는 먼 길. 머나먼 앞 길.

② 망양(亡羊): 한 가지 일에 전념하지 않고 여러 가지를 겹쳐 하려면 실패(失敗)하기 쉽다는 말. 장(臧)은 독서를 하면서 양을 기르고, 곡 노름을 하면서 양을 길렀는 데 둘이 다 양(羊)을 잃었다함.

③ 선고(先考) : 돌아가신 아버지. 선친(先親). 선군(先君).

〈만사 9〉

儀標淸秀稟於天, 混厚春風望八年
의 표 청 수 품 어 천, 혼 후 춘 풍 망 팔 년

嗚咽泉聲時入戶, 霏雨微色又添烟
오 열 천 성 시 입 호, 비 우 미 색 우 첨 연

一生安養山林下, 萬古從容極樂邊.
일 생 안 양 산 림 하, 만 고 종 용 극 락 변

誨我情私何以報, 丹旌落日涕漣漣.
회 아 정 사 하 이 보, 단 정 낙 일 체 연 연

侍生 固城 李)鍾八 再拜痛哭輓

의표는 청아하고 수려하니 천성에서 받았고, 봄바람과 섞어서 혼후한 팔십을 바라보는 연세이네.

샘물이 오열①함이 때로는 문호에 들어오고,부슬부슬 내리는 비의 희미한 빛이 또 연하②에 더하였네.

일생 동안 산림의 아래서 편안하게 수양하였고, 만고토록 극락의 주변에서 종용③하였네.

나에게 사사로운 정으로 가르침을 어떻게 보답할까? 지는 해에 붉은 명정으로 눈물만 줄줄 흐르네.

시생(인 고성 이종팔은 재배하고 통곡하며 만사를 씀.

[주(註)] ① 오열(嗚咽) : 목이 메도록 울음. 목 놓아 울음.

② 연하(煙霞) : 봄 안개. 보얗게 피어오르는 안개. 고요한 산수(山水)의 경치(景致).

③ 종용(從容) : 자연스럽고 조용한 모양. 하는 일 없이 유유(悠悠)히 지냄.

〈만사 10〉

一夜遽然向玉京, 鳳崗山色重還輕
일 야 거 연 형 옥 경, 봉 강 산 색 중 환 경

百年人事渾如夢, 何處樓臺更舒情
백 년 인 사 혼 여 명, 하 처 누 대 갱 서 정

颯颯寒風吹暮日, 濛濛疎雨暗佳城
삽 삽 한 풍 취 모 일, 몽 몽 소 우 암 가 성

招招不返無形跡, 回首江渭淚自橫.
초 초 불 반 무 형 적, 회 수 강 위 누 자 횡

情弟 朴鍾大 再拜哭挽

하룻밤에 갑자기 옥경①으로 향하였으니, 봉강의 산색이 중하다가 도리어 가볍네.

백년의 사람의 일은 모두가 꿈과 같고, 어느 곳의 누대에서 다시 정을 펼치랴!

삽삽②한 차가운 바람은 저문 날에 불고, 몽몽③하고 엉성한 비에 가성④이 어둡네.

부르고 불러도 돌아오지 않고 형적도 없으니, 머리를 강과 위수로 돌리니 눈물만 저절로 흐르네.

정제인 박종대는 재배하고 통곡하며 만사를 씀.

[주(註)] ① 옥경(玉京) : 하늘 위의 옥황상제(玉皇上帝)가 산다고 하는 가상적
　　　　인 서울. 백옥경(白玉京). 저승.

② 삽삽(颯颯) : 가볍고 시원스럽게 부는 바람 소리. 삽연(颯然).

③ 몽몽(濛濛) : 비나 안개 같은 것이 내려 자욱한 모양

④ 가성(佳城) : 무덤. 분묘(墳墓). 묘(墓)의 견고(堅固)한 것을 성(城)에
　　　　비유하여 한 말.

〈만사 11〉

鳳山淑氣鍾於公, 淳儉平生齒德崇

봉 산 숙 기 종 어 공, 순 검 평 생 치 덕 숭

寬處規模斯世範, 常行詩禮古家風

관 처 규 모 사 세 범, 상 행 시 례 고 가 풍

接賓有度親疎一, 擇友傾心苦樂同

접 빈 유 도 친 소 일, 택 우 경 심 고 락 동

忽去仙鄕難復見, 含悲佇立向蒼空

홀 거 선 향 난 부 견, 함 비 저 립 향 창 공

侍生 密陽 朴現秀 再拜哭輓

봉산의 맑은 정기 공(公)에게 모였으니, 순수하고 검소한 평생에 연치와 덕망도 높았네.

관대하게 처신한 규모는 이 세상에 모범이었고, 항상 시서와 예악을 행한 고가의 풍모이었네.

손님 접대는 법도가 있어서 친밀하나 소원①하고 한결 같았고, 벗을 선택함에 마을을 기우려 괴롭고 즐거움도 동일하였네.

갑자기 선향②으로 가시니 다시 보기 어렵고, 슬픔을 머금고 우두커니 서서 창공을 향하네.

　　　　시생인 밀양 박현수는 재배하고 통곡하며 만사를 씀.

[주(註)]　① 소원(疏遠) : 평시(平時)에 친근(親近)하지 아니함.

　　　　② 선향(仙鄕) : 신선(神仙)이 사는 곳. 속세(俗世)를 떠나 청아한 주거(住居). 여기서는 저승.

<만사 12>

七十稀中又六年, 浩然乘化卽神仙
칠 십 희 중 우 육 년, 호 연 승 화 즉 신 선

鄕間稱善曾多積, 世上求名獨未先
향 간 칭 선 증 다 적, 세 상 구 명 독 미 선

門路相連賢友轍, 晨窓每讀古經篇
문 로 상 련 현 우 철, 신 창 매 독 고 경 편

嗚呼今日幽明隔, 能使時人慷慨傳
오 호 금 일 유 명 격, 능 사 시 인 강 개 전

侍下生 平澤 林炳璣 謹再拜哭輓

칠십 세도 드문 가운데 또 육년을 더 하였고, 호연①히 선화②하여 올랐으니
즉 신선이시네.

향리에서 선인이라 칭송하니 일찍이 업적이 많았고, 세상에 명성을 구함에
는 혼자 앞장서지 않았네.

문전의 길은 어진 벗의 수레자취와 서로 연결되었고, 새벽의 창가에서 매일
옛 경전 책을 읽었네.

아! 슬프구나. 금일에 유와 명으로 막혔으니, 능히 당시의 사람으로 하여금
강개③함을 전하노라.

시하생인 평택 임병기는 삼가 재배하고 통곡하며 만사를 씀.

주(註)] ① 호연(浩然) : 물이 거침없이 흐르는 모양. 태연한 모양. 가고자 하는 뜻이 한창인 몽양.

② 선화(仙化) : 신선(神仙)이 되었다는 뜻으로, 노인(老人)이 병(病) 없이 곱게 죽음을 이름.

③ 강개(慷慨) : 의분이 북받쳐 슬퍼하고 한탄함.

〈만사 13〉

歎息鳳崗鳳旣空, 靑鸞白鶴共忡忡
탄 식 봉 강 봉 기 공, 청 란 백 학 공 충 충

松風竹月凄凉裡, 觀閣樓臺寂寞中.
송 풍 죽 월 처 량 리, 관 각 누 대 적 막 중

五色行裝元有意, 九天飛軌必成功
오 색 행 장 원 유 의, 구 천 비 궤 필 성 공

若近岐陽文武國, 報傳朝日久昏曚
약 근 기 양 문 무 국, 보 전 조 일 구 혼 몽

侍生 載寧 李秉徹 謹再拜哭輓

봉강을 탄식하니 봉은 이미 비었고, 푸른 해오라기 흰 학이 함께 몹시 근심하네.

소나무 바람과 대나무 달빛이 처량한 속에, 관각과 누대가 적막하구나.

오색의 행장은 원래 뜻이 있었고, 구천을 나는 궤도는 반듯이 성공하리라.

만약 기양①의 문왕과 무왕 나라가 가까워지면, 아침 날씨가 오래도록 어둡다고 보고하여 전하세요.

시생인 재령 이병철은 삼가 재배하고 통곡하며 만사를 씀.

[주(註)] ① 기양(岐陽) : 옛 현(縣)의 이름. 기산(岐山) 남쪽에 있음. 지금의 협서성(陝西省) 기양현(岐陽縣). 주(周)나라 성왕(成王)이 문득 대수(大蒐)로부터 기양으로 돌아왔음. 기산의 남쪽에 북이 있었는데 주나라 문왕(文王)의 북이라고 함.

〈만사 14〉

仙車遠上白雲天, 一訣攸攸堪可憐
선 거 원 상 백 운 천, 일 결 유 유 감 가 련

藉藉聲名餘在世, 方知德行及人傳

자 자 성 명 여 재 세,   방 지 덕 행 급 인 전

少弟 平澤 林亨植 謹再拜哭挽

신선의 수레가 멀리 백운의 하늘로 올라, 한번 영결하니 아득하고 가련함 어이 견디랴!

떠들썩한 명성과 이름은 세상에 남아 있으니, 바야흐로 덕행이 사람에 미치고 전하였음을 알리라.

소제인 평택 임형식은 삼가 재배하고 통곡하며 만사를 씀.

〈만사 15〉

鳳峀之南山大田, 缶林世閥別開天

봉 수 지 남 산 대 전,   부 림 세 벌 별 개 천

武繩守夢聿修厥, 亭建覽輝有翼然

무 승 수 몽 율 수 궐,   정 건 람 휘 유 익 연

滿案詩書忘歲月, 半庭花木絶塵煙

만 안 시 서 망 세 월, 반 정 화 목 절 진 연

忽焉仙化餘淮鼠, 悵望佳城淚並泉

홀 언 선 화 여 회 서, 창 망 가 성 누 병 천

地上誼弟 密城 孫修鉉 謹再拜哭挽

봉수의 남쪽이며 대전의 위쪽에, 부림의 선세에 문벌이 별도의 천지를 열었네.

수몽의 발자취를 이어서 마침내 그것을 닦았고, 남휘의 정자를 건립하여 익연①함이 있었네.

책상에 가득한 시서로 세월을 잊었고, 반쯤의 정원에 꽃과 나무는 티끌 진연운과 단절되었네.

갑자기 선화하시니 여생들은 회수의 쥐처럼, 슬프게 가성을 바라보며 눈물이 샘물과 아우르네.

의제 밀성 손수현는 삼가 재배하고 통곡하며 만사를 씀.

[주(註)] ① 익연(翼然) : 새가 양쪽 날개를 좌우(左右)로 펼친 것 같이 넓혀나가는 것

〈만사 16〉

守翁餘德又傳公, 金玉奇姿有始終
수 옹 여 덕 우 전 공, 금 옥 기 자 유 시 종

八耋雲林惟遯跡, 一床書籍是眞功
팔 질 운 림 유 둔 적, 일 상 서 적 기 진 공

忽驚梁夢黃墟上, 竟沒珠光碧海中.
홀 경 양 몽 황 로 상, 경 몰 주 광 벽 해 중

落葉高秋來執紼, 鳳岡松栢帶悲風.
낙 엽 고 추 래 집 불, 봉 강 송 백 대 비 풍

侍下生 密城 朴淳)鍾 謹)再拜哭輓

수옹이 남기신 덕업을 또 公에게 전하여져, 금옥같이 기이한 자태로 시작과 마침이 있었네.

팔질토록 운림에서 오직 발자취를 감추었고, 하나의 책상에 서적은 이것이 참다운 공로이었네.

갑자기 주막집의 위에서 황량몽①에 놀랐고, 마침내는 주옥의 빛이 푸른 바다 가운데 빠졌네.

잎이 떨어지는 높은 가을에 와서 상여 줄을 잡으니, 봉강의 송백에도 슬픈 바람을 띠었네.

시하생인 밀성 박순종은 삼가 재배하고 통곡하며 만사를 씀.

[주(註)] ① 황량몽(黃粱夢) : 사람의 일생(一生)에 부귀(富貴)란 헛되고 덧없음을 뜻하는 말. 당(唐)의 노생(盧生)이 한단(邯鄲) 주막에서 도사(道士) 여옹(呂翁)에게서 베개를 빌려 베고 잠이 들어 부귀영화(富貴榮華)를 누리며 여든까지 잘 산 꿈을 꾸었는데 깨어보니 아까 주인이 짓던 좁쌀밥이 채 익지 않았더라고 함.

한단지몽(邯鄲之夢).

〈만사 17〉

鳳山南畔淸高士, 不遇懷深杜少陵
봉 산 남 반 청 고 사, 불 우 회 심 두 소 릉

固守岩樊忘世累, 不求名利見心澄
고 수 암 번 망 세 루, 불 구 명 리 견 심 징

涵同海濶圓如月, 和似春溫潔若冰
함 동 해 활 원 여 월, 화 사 춘 온 결 약 빙

遽作玉京樓上客, 秋風落葉恨空增.
거 작 옥 경 루 상 객, 추 풍 낙 엽 한 공 증

少弟 載寧 李祐燮 謹再拜哭挽

봉산의 남쪽 언덕에 청아한 고사가, 불우하여 두소릉①의 회포가 깊었네.

암혈 임번 굳게 지키며 세상의 더러움을 잊었고, 명성과 이익을 구하지 않고 마음의 맑음을 보였네.

함축함은 바다의 넓음이요 원만함은 달과 같았고, 온화함은 봄의 따스함이요 깨끗함은 얼음과 같았네.

갑자기 옥경루의 상객이 되었으니, 추풍낙엽에 한탄만 하는구나.

　　　소제 재령 이우섭은 삼가 재배하고 통곡하며 만사를 씀.

[주(註)]　① 두소릉(杜少陵): 두보(杜甫). 당(唐)의 시인(詩人). 자(字)는 자미(子美). 호(號)는 소릉(少陵). 양양(襄陽) 사람. 두릉(杜陵)에 있었기 때문에 스스로 두릉의 布衣, 소릉(少陵)의 야로(野老)라고 일컬었음. 현종(玄宗)에게 환영을 받았으나 안록산(安綠山)의 난으로 사방을 방랑(放浪) 하다가 대종(代宗)의 대력(大曆) 오 년(五 年)에 오십 구(五十九) 세로 뇌양(耒陽)에서 병사(病死)함. 이백(李白)과 병칭(竝稱)하여 이두(李杜)라 하였음.

⟨만사 18⟩

文星忽沈海東城, 庭樹凄凉宿鳥驚
문 성 홀 침 해 동 성, 정 수 처 량 숙 조 경

爲留以仁身守約, 對人接物已賢明
위 류 이 인 신 수 약, 대 인 접 물 이 현 명

百年歲月無非夢, 萬古江山不變情
백 년 세 월 무 비 몽, 만 고 강 산 불 변 정

觸目傷心歸去路, 蕭蕭落木入秋聲
촉 목 상 심 귀 거 로, 소 소 낙 목 입 추 성

侍生 徐源碩 哭輓

문성이 갑자기 해동의 성에 잠기니, 뜰에 보수들은 처량하고 자던 새도 놀라네.

인으로 생활하고, 사람 대하고 사물을 접할 때 어질고 밝았네.

백년 세월이 꿈 아님이 없지만, 만고에 강산에 변치 않는 것은 정이라네.

마음이 상(여 돌아가는 길에, 눈을 들어 바라보니 나뭇잎은 소소히 떨어지고 가을 소리 들리누나.)

시생 서원석은 통곡하며 만사를 씀.

〈만사 19〉

鳳峀南田種學深, 爭鳴百喙獨潛心
봉 수 남 전 종 학 심,   쟁 명 백 훼 독 잠 심

樂飢寧啄琅玕實, 知止非栖枳棘林.
낙 기 영 탁 랑 간 실,   지 지 비 서 지 극 림

直氣便搏千仞翼, 德輝猶覽五章臨
직 기 변 박 천 인 익,   덕 휘 유 람 오 장 임

翩然色擧尋無跡, 丹穴寥寥白日沉
편 연 색 거 심 무 적,   단 혈 요 요 백 일 침

下生 達城 徐學均 謹再拜哭挽

봉수의 남쪽 밭에 학문을 깊이 심어, 일백 주둥이가 다투어 울어도 혼자 마음을 가라앉혔네.
굶주림 즐기며 차라리 랑간①의 열매를 쪼아 먹었고, 그칠 줄 알아도 지극의 숲에는 깃들이지 않았네.
곧은 기개는 천 길의 날개를 쳤고, 덕망 빛남을 보니 오히려 다섯 문채가 다가왔네.
훌쩍 날아 색채를 들어 찾아도 발자취가 없으니, 단혈은 고요하고 백일도 잠겼네.

하생인 달성 서학균은 삼가 재배하고 통곡하며 만사를 씀.

[주(註)] ①랑간(琅玕) : 옥(玉)과 비슷한 아름다운 돌. 대나무의 이명(異名).

〈만사 20〉

剛直敬誠養德儀, 大田古地定占基

강 직 경 성 양 덕 의, 대 전 고 지 정 점 지

閑情衿袍觀機靜, 立志經綸喫道肥

한 정 금 포 관 기 정, 입 지 경 륜 끽 도 비

繩尺律身三黨仰, 家門制行四隣知

승 척 율 신 삼 당 앙, 가 문 제 행 사 린 지

一孤當百能先業, 餘慶綿綿裕後期

일 고 당 백 능 선 업, 여 경 면 면 유 후 기

密陽 后人 朴英載 拜哭挽

강직하고 공경과 정성으로 덕성의 거동을 수양하였고, 대전의 옛 지역에 터
전을 점쳐 결정하였네.
한가롭고 정다운 금포로 고요히 기미①를 보았고, 뜻을 세운 경륜으로 도를
씹어 먹어 살이 쪘네.

승척②이 몸에 얽혔으니 삼당이 우러러보았고, 가문은 행실을 제약하니 사방의 이웃이 알아주었네.

한 고아가 백인을 당하니 선조의 세업에 능하고, 남은 경사가 면면③하니 후손 넉넉함을 기대하네.

　　　　밀양 후인인 박영재는 절을 하고 통곡하며 만사를 씀

[주(註)]　① 기미(機微) : 사물(事物)의 미묘(微妙)한 기틀. 낌새.

　　　　② 승척(繩尺) : 먹줄과 곡척(曲尺). 규칙(規則). 법도(法度).

　　　　③ 면면(綿綿) : 오래 계속하여 끊어지지 않는 모양. 아득한 모양.

〈만사 21〉

鳳洞祠前有望人, 年雖尊長誼相親

봉 동 사 전 유 망 인, 년 수 존 장 의 상 친

時習詩書家道壯, 又兼孝友子孫仁.

시 습 시 서 가 도 장, 우 겸 효 우 자 손 인

流水何如無返日, 奇花還發後來春.
유 수 하 여 무 반 일, 기 화 환 발 후 래 춘
雪月淸儀難復見, 薤歌數曲淚潸潸
설 월 청 의 난 부 견, 해 가 수 곡 누 산 린

少弟 朴秀鉉 再拜哭挽

봉동 사당 앞에 명망인이 있었으니, 연세는 비록 존장이지만 정의는 서로 친밀하였네.

때때로 시서를 익히니 가정의 도가 씩씩하고, 또한 효우도 겸하였으니 자손이 어지네.

흐르는 물은 어찌하여 되돌아오는 날이 없을까? 기이한 꽃은 도리어 뒤에 온 봄에 피었네.

눈 속에 달빛 같은 청아한 모습은 다시 보기 어렵고, 해로가①의 두어 곡조에 눈물만 줄줄 흐르네.

소제인 박수현은 재배하고 통곡하며 만사를 씀.

[주(註)] ① 해로가(薤露歌) : 호리곡(蒿里曲)과 더불어 한(漢)나라 시대의 만가(輓歌). 인생은 부추잎의 이슬처럼 덧없음을 노래한 것임. 흔히 귀인의 장례식에 부르는 곡임.

〈만사 22〉

方圓正直莫如公, 八十行年學業中.
방 원 정 직 막 여 공, 팔 십 행 년 학 업 중

滿案圖書遺後計, 一門和氣在餘風
만 안 도 서 유 후 계, 일 문 화 기 재 여 풍

欣欣遠別塵間客, 永永好爲天上翁
흔 흔 원 별 진 간 객, 영 영 호 위 천 상 옹

冗務多端違執紼, 敬揮涕淚俯微躬.
용 무 다 단 위 집 불, 경 휘 체 루 부 미 궁

玉山 全柄圭 再拜哭挽

방정하고 원만하며 정직함은 공(公)과 같은 분이 적었고, 팔십세의 연세가 되
도록 학업하는 중이었네.

책상에 가득한 도서는 후손에게 물려줄 계획이고, 한 가문에 화목한 기운은
남기신 풍습이 있었네.

기쁘고 기쁘게 티끌세상 사이의 손님과 멀리 이별하였고, 영원히 길게 좋게
천상의 늙은이가 되었네.

바쁜 일로 단서가 많아 상여 줄을 잡지 못하고, 공경히 흐르는 눈물을 닦으
며 작은 몸을 구부리네.

옥산인 전병규는 재배하고 통곡하며 만사를 씀.

〈만사 23〉

高明氣質有斯公, 固守林泉謹勅躬
고 명 기 질 유 사 공, 고 수 림 천 근 칙 궁

繼述缶溪先世德, 揚揮鳳洞古家風
계 술 부 계 선 세 덕, 양 휘 봉 동 고 가 풍

那知天上文星晦, 敬弔樑間月影空
나 지 천 상 문 성 회, 경 조 량 간 월 영 공

長使餘生無所賴, 不堪回首淚垂瞳
장 사 여 생 무 소 뢰, 불 감 회 수 누 수 동

侍生 咸安 趙鏞泰 謹再拜哭挽

고아하고 명민한 기질인 이런 공이 있었고, 임천을 굳게 지키며 몸을 삼가 신칙①하였네.

부계에 선세의 덕업을 계술②하였고, 봉동에 고가의 풍모를 드날려서 발휘하였네.

하늘 위 문성③이 어두워질 줄을 어찌 알았으랴, 공경히 대들보 사이 달빛 그림자 공함을 위로하네.

길게 남은 인생에 의뢰할 곳이 없게 되었으니, 머리를 돌리며 눈물이 눈동자에 흐름을 견딜 수 없네.

시생인 함안 조용태는 삼가 재배하고 통곡하며 만사를 씀.

[주(註)] ① 신칙(申飭) : 단단히 타일러서 경계(警戒)함.

② 계술(繼述) : 선인(先人)의 업(業)을 계승하여 조술(祖述)함. 조상(祖上)의 뜻과 사업(事業)을 이음

③ 문성(文星) : 별의 이름. 문운(文運)을 주관함. 문창성(文昌星)이라고 하기도 함.

〈만사 24〉

溫良勤儉一淳翁, 華閥儒文續舊風.
온 량 근 검 일 순 옹, 화 벌 유 문 속 구 풍

處事遍周無拙訥, 持心謹慤實廉公
처 사 편 주 무 졸 눌, 지 심 근 각 실 염 공

八旬皓首琴書裏, 十世光陰鄒魯中
팔 순 호 수 금 서 리, 십 세 광 음 추 로 중

言笑雍容今永祕, 鳳鳴在洞雅儀空.
언 소 옹 용 금 영 비, 봉 명 재 동 아 의 공

戚姪 密陽 朴天秀 謹再拜哭輓

온화하고 어질며 근검한 한 순박한 늙은이요, 빛나는 문벌에 유가 문장으로
옛 풍습을 이었네.
일 처리에 두루두루 졸렬하고 어눌함이 없었고, 마음가짐은 삼가고 정성스
러워 실제 청렴 공정하였네.
팔순에 흰 머리로 거문고와 서책의 속에서, 십세의 광음을 추로①의 가운데
였네.
말씀과 웃음이 옹용하였는데 지금은 영원히 감추어졌고, 봉황의 울음이 고
을에 있었는데 고상한 거동이 비었네.

질인 밀양 박천수는 삼가 재배하고 통곡하며 만사를 씀.

[주(註)] ① 추로(鄒魯) : 공자(孔子)와 맹자(孟子)를 말함. 추(鄒)는 맹자(孟子)의
출생지(出生地)이고, 로(魯)는 공자(孔子)의 출생지이기 때문임.

〈만사 25〉

性度寬洪志氣堅, 靜觀物理老林泉.
성 도 관 홍 지 기 견, 정 관 물 리 노 림 천

甘肥世味曾無近, 淳厚仁風早有旋
감 비 세 미 증 무 근, 순 후 인 풍 조 유 선

華表多時應到鶴, 帝鄕何日爲虛筵.
화 표 다 시 응 도 학, 제 향 하 일 위 허 연

崗空月落琴書寂, 斷送丹旐正可憐
강 공 월 낙 금 서 적, 단 송 단 조 정 가 련

侍生 李慶熙 再拜哭輓

성품과 도량은 너그럽고 넓으며 지조와 기개는 굳으며, 고요하게 사물 이치
를 보며 임천에서 늙었네.

달콤하고 살찐 세상의 맛을 일찍이 가까이 함이 없었고, 순후하고 어진 풍모
는 일찍이 선풍이 있었네.

화표주①에는 많은 시기에 응당 학이 도착하겠고, 제향②에는 어는 날에 빈
자리가 되려나?

봉강은 비었고 달도 지고 거문고와 서적도 적막한데, 끊어져 보내는 붉은 깃
발이 정히 하기 가련하네.

시생인 이경희는 재배하고 통곡하며 만사를 씀.

[주(註)] ① 화표주(華表柱) : 묘전(墓前)에 꾸며놓은 기둥. 또는 위정자(爲政者)

에 대하여 불평(不平) 등을 인민(人民)들이 기록하게 하기 위하여

도로(道路) 등에 세워놓은 나무. 기둥의 상단에는 가로로 판자를

부쳐놓았음. 한(漢) 나라의 정영위(丁令威)가 죽은 뒤에 학(鶴)으로

변화하여 고향으로 돌아왔다고 함.

② 제향(帝鄕) : 천제(天帝)의 서울. 상천(上天). 선인(仙人)이 산다고 상

상되는 곳.

〈만사 26〉

公居溪北我居東, 契好忘年少長同

공 거 계 북 아 거 동, 계 호 망 년 소 장 동

百歲遺安龐老策, 一生篤行董儒風

백 세 유 안 방 노 책, 일 생 독 행 동 유 풍

修門整範惟翁責, 治産腴榮是子功

수 문 정 범 유 옹 책, 치 산 유 영 시 자 공

忽厭塵寰何處去, 蕭蕭落木下山空

홀 염 진 환 하 처 거, 소 소 낙 목 하 산 공

공은 시내의 북쪽에 살고 난 동쪽에 살며, 계분으로 좋아하며 나이도 잊고 노인과 소년이 함께하였네.

백세에 편안함을 물려주었음은 방노①의 계책이요, 일생에 돈독한 행실은 동유②의 풍모였네.

가문을 닦아 바로하고 모범임은 오직 옹의 책임이요,가산 다스려 늘리고 영화로움은 자식의 공이었네.

갑자기 티끌 세상이 싫어서 어느 곳으로 갔을까? 쓸쓸하게 떨어지는 낙엽에 산을 내려옴이 공허하네.

시생인 경주 최재부는 삼가 재배하고 통곡하며 만사를 씀.

[주(註)] ① 방노(龐老): 후한(後漢) 말(末)의 은자(隱者)인 방덕공(龐德公)을 지칭(指稱)함. 유표(劉表)가 여러 번 불렀으나, 응하지 않고 처자(妻子)와 함께 녹문산(鹿門山)에서 일생을 마쳤음.

② 동유(董儒): 당(唐)나라 안풍(安豊) 사람인 동소남(董邵南)을 지칭(指稱)함. 진사(進士)가 되었으나 뜻을 얻지 못하고 하북(河北)에 유람하며 제진(諸鎭)에 써 줄 것을 구(求)하였음. 한유(韓愈)가 글을 지어 그에게 보냈음.

〈만사 27〉

鳴鳳山前覽德輝, 歲寒許己誓相依
명 봉 산 전 람 덕 휘, 세 한 허 기 서 상 의

情深鷄黍恒投轄, 語到苔岑頓忘機
정 심 계 서 항 투 할, 어 도 태 잠 돈 망 기

久臥漳濱憐契濶, 忽傳蘭報慟噓啼
구 와 장 빈 련 계 활, 홀 전 난 보 통 허 제

哲人云埋心徒往, 霜鴈悲叫不見歸
철 인 운 매 심 도 왕, 상 안 비 규 불 견 귀

湖東 病叟 朴淳烈 痛哭挽

명봉산 앞에서 덕망이 빛남을 보았고, 추운 해에도 자기에게 허락하며 서로
의지하기로 맹서하였네.

정이 깊어 계서①로 항상 수레 멈추어 만류하였고, 이야기 태잠에 이르면 세
속의 일과 욕심을 잊었네.

오랫동안 장빈에 누웠으니 계분에 어긋났음이 가련하고, 갑자기 난보가 전
해지니 슬프게 한숨만 쉬네.

철인이 매장되었다고 하니 마음만 한갓 가는데, 서리 맞은 기러기 울부짖으
며 돌아감이 보이지 않네.

호동 병수인 박순열은 통곡하며 만사를 씀.

〈만사 28〉

諄良性度孰公如, 善導吾儕七耋餘.
순량성도숙공여, 선도오제칠질여

款接賓朋樽有酒, 敦姻宗戚廩無儲.
관접빈붕준유주, 돈인종척름무저

憂深子侄虧傳業, 願切兒孫恒讀書.
우심자질휴전업, 원절아손항독서

膠柒情親今永訣, 碑山歸路淚盈裾.
교칠정친금영결, 비산귀로누영거

侍生 密陽 后人 朴成奉 謹再拜哭輓

순후하고 어진 성품과 도량은 누가 공(公)과 같으라! 우리의 무리들을 선도함
이 칠십여 년이었네.

손님 벗을 정성으로 대접함에 술이 있었고, 종인척 혼인을 돈독하게 하느라
곳간에 저장됨이 없었네.

자질들이 전해오는 세업을 줄일까 걱정이 깊었고, 아들과 손자가 항상
독서하기를 간절히 원하였네.
교칠①같이 친절한 정분과 지금 영원히 이별하니, 비산에서 돌아오는 길에
눈물이 옷깃에 가득하네.

시생인 밀양후인 박성봉은 삼가 재배하고 통곡하며 만사를 씀.

[주(註)] ① 교칠(膠漆) : 아교와 풀. 사람이 서로 친한 것. 교칠지교(膠漆之交).

〈만사 29〉

鳳 山 數 百 載, 花 樹 已 盤 根
봉 산 수 백 재, 화 수 이 반 근
處 族 敦 親 誼, 齊 家 教 法 言
처 족 돈 친 의, 제 가 교 법 언

弟 兄 姜 氏 被, 賓 友 孔 融 樽
제 형 강 씨 피, 빈 우 공 융 준

回 念 平 生 事, 嗚 乎 不 敢 諼
회 념 평 생 사, 오 호 불 감 훤

族弟 鍾健 謹再拜哭輓
족제 종건 근재배곡만